NAME: Justus Jonas
FUNKTION: Erster Detektiv
FRAGEZEICHENFARBE: weiß
BESONDERE MERKMALE: das Superhirn der drei ???; Meister der Analyse und Wortakrobatik; erstaunlich schneller Schwimmer; zu Hause auf d[illegible] platz von Tante Mathilda und Onkel T[illegible] Nachdenken an seiner Unterlippe
IST FAN VON: Tante Mathildas Kirschk[illegible] Denksport aller Art

NAME: Peter Shaw
FUNKTION: Zweiter Detektiv
FRAGEZEICHENFARBE: blau
BESONDERE MERKMALE: für körperliche Herausforderungen immer zu haben, dafür kein Ass in der Schule; großer Tierfreund; Spezialist für Schlösser aller Art, die seinem Dietrichset einfach nicht standhalten können; neigt zu Vorsicht und Aberglauben
IST FAN VON: schnellen Autos (insbesondere seinem MG), der südkalifornischen Sonne, so ziemlich jeder Sportart

Die drei ???®

Die drei ???®

Im Auge des Sturms

erzählt von Kari Erlhoff

Kosmos

Umschlagillustration von Silvia Christoph, Berlin
Umschlaggestaltung von eStudio Calamar, Girona, auf der Grundlage der Gestaltung von Aiga Rasch (9. Juli 1941 – 24. Dezember 2009)

MIX
Papier aus verantwortungsvollen Quellen
FSC® C014496
FSC www.fsc.org

Gedruckt auf chlorfrei gebleichtem Papier

ISBN 978-3-440-14840-2
Redaktion: Annemarie Chiappetta
Lektorat: Nina Schiefelbein
Produktion, Layout und Satz: DOPPELPUNKT, Stuttgart
Druck und Bindung: GGP Media GmbH, Pößneck
Printed in Germany / Imprimé en Allemagne

Die drei ???®

Im Auge des Sturms

Wind und Blut	7
Dreck	13
Wipe-out	22
Rostiger Kaffee	29
Das Geheimnis der Gezeiten	36
Tag, Uhrzeit, Ort	42
Nadeln und Sirup	48
Liquid Teal	53
Mission: Wischen!	60
Endstation Las Tunas	69
Eine harte Strafe	78
Zitronenfrische und Hang Five	84
Kryptonit	91
Coconuts und Strandräuber	97
Party in Malibu	104
Verfolgung im Dunkeln	110
Mehr Mut als Verstand	117
Eine schwierige Lage	123
Sturm	130
Der Held von Rocky Beach	140

Wind und Blut

Jemand schrie! Hoch und schrill. Doch die einzelnen Worte gingen im Tosen der Wellen unter. Dann entdeckte Peter Shaw einen Mann und eine Frau, die auf ihren Surfbrettern lagen und hektisch mit den Armen paddelten. Als sie den Zweiten Detektiv sahen, schrien sie erneut los.

»Haie!«

»Drüben bei den Felsen!«

Peter zögerte keine Sekunde. Er begann ebenfalls mit den Armen zu rudern, sprang dann auf sein Board und ließ sich von der nächsten Welle in Richtung Strand tragen. Hier, vor der Steilküste von Rocky Beach, waren die Surfbedingungen hervorragend. Allerdings lauerten im Wasser auch einige Gefahren. Im Südosten der Bucht gab es schroffe Felsen, manche davon unsichtbar unter Wasser. Im Nordwesten sorgte eine starke Strömung dafür, dass man leicht aufs offene Meer getrieben werden konnte. Und überdies waren da noch die Haie. Manchmal wurde monatelang kein einziges Tier gesichtet und dann kam es innerhalb weniger Tage zu mehreren Zwischenfällen. Trotzdem zog es die Surfer immer wieder an diese Stelle.

Peter steuerte sein Board in das schäumende Weißwasser. Das war's dann für heute mit dem Surfen. Schade, er war noch gar nicht lange im Wasser gewesen. Aber die Wetterbedingungen waren eh nicht ideal. Die Oberfläche der Wellen wurde immer stärker vom Wind zerblasen.

Die beiden anderen Surfer wateten bereits eilig durch das

flache Wasser bis zu dem steinigen Strandstück unterhalb der Steilküste – ohne sich noch einmal zum Meer umzudrehen. Peter hingegen warf noch einen Blick auf den unruhigen Pazifik. Einen Moment lang erwartete er, die graue Rückenflosse des Hais zu sehen, doch das Bild, das sich ihm bot, war um einiges erschreckender! Ein Junge war noch draußen und winkte verzweifelt mit einem Arm, mit dem anderen klammerte er sich an sein Board! Peter erkannte die orangefarbenen Streifen auf dem Neoprenanzug wieder. Er hatte den Jungen heute zum ersten Mal hier gesehen. Bisher hatte der fremde Surfer keine allzu gute Figur auf dem Brett gemacht. ›Spring auf!‹, dachte Peter. ›Nutz die Welle!‹ Doch die Welle baute sich zu langsam auf. Bevor der Surfer auch nur den Hauch einer Chance hatte, kippte er vom Brett. Wieder schrie jemand. Es dauerte einige Sekunden, bis Peter merkte, dass der Schrei aus seinem eigenen Mund kam.

Draußen auf dem Meer hatte sich der Junge zurück an die Oberfläche gekämpft. Seine Hände krallten sich am Board fest.

»Wir müssen Hilfe holen!«, rief einer der beiden Surfer. Trotzdem bewegte er sich kein Stück. Seine Freundin schien ebenfalls wie gelähmt zu sein. Peter löste sich aus seiner Starre. Er ließ sein Board fallen und stürzte sich kopfüber ins Wasser. Einen Plan hatte er nicht. Zum Nachdenken blieb keine Zeit.

»Bist du lebensmüde?«, brüllte die Frau. »Komm zurück!«

»Den kannst du nicht mehr retten!«

»Wenn ein Hai dich erwischt, gehst du dabei selbst drauf!«

Peter hörte nicht hin. Er tauchte unter einer kleinen Welle hindurch und sah nun das weiße Surfboard des Jungen, das direkt auf ihn zu trieb. Als er fast bei ihm war, rutschte der Surfer vom Brett. Peter tauchte ab, bekam ihn zu fassen und zerrte ihn wieder nach oben. »Rauf aufs Board!«, befahl er. Aber der Junge glitt immer wieder ab. Dabei hinterließ er rote Flecken auf dem weißen Lack: Blut, das ins Meer gespült wurde! Einen gefährlicheren Köder für Haie konnte es kaum geben. Was hatte Peter noch über Haiangriffe gelernt? Eine Flut von Verhaltensregeln rauschte durch seinen Kopf. Die meisten davon unbrauchbar: Keine bunten Sachen tragen, niemals blutend ins Wasser gehen, nicht hektisch wegpaddeln. Nicht im Trüben schwimmen. Nicht schwimmen, wenn Beutetiere oder Fischabfälle im Wasser sind. Der Hai ist schneller als ein Schwimmer!

All diese Sätze liefen in Endlosschleife durch Peters Gedanken. Das aufgewühlte Wasser um ihn herum war rot gefärbt. Peter gab es auf, den verletzten Surfer aufs Brett zu schieben. Wie ein Rettungsschwimmer packte er ihn im Schleppgriff. Wenn ein Hai ihn angriff, konnte er ihn vielleicht mit einem Tritt gegen die Kiemen abwehren. Das war die empfindlichste Stelle der Raubfische.

»Halt durch!«, brüllte Peter dem Verletzten zu. In erster Linie, um sich selbst zu beruhigen. »Alles wird gut!«

Kaum hatte er die Worte ausgesprochen, wurde er von einer riesigen Welle erwischt. Die Welt drehte sich, oben und unten verschwammen zu einem einzigen Chaos aus Schaum und Wasser. Eine starke Strömung erfasste Peter. Widerstand war zwecklos. Der Zweite Detektiv konnte nichts tun, als den Verletzten festzuhalten. Dann spürte er Boden unter den Füßen. Irgendwo über ihm war Licht. Sein Kopf brach durch die Oberfläche. Er spuckte Salzwasser, hustete, würgte und atmete gierig die frische Morgenluft ein. Links und rechts neben ihm tauchten Beine auf.

»Das war knapp, Mann!«, brüllte die Surferin, die mit ihrem Freund am Strand gewartet hatte.

Dieser beugte sich über den Verletzten. »Ist er bewusstlos?«

Die Frau machte ein entsetztes Gesicht. »Verdammt, der ist ja voller Blut! Der stirbt!«

»Ruft einen Arzt! Na los!«, befahl Peter. Er zog den Jungen vollständig auf den Strand. Dessen Neoprenanzug war an der rechten Seite gerissen und gab den Blick auf eine große Bisswunde am Oberkörper preis. Die Blutung musste so schnell wie möglich gestoppt werden. »Ein Handtuch! Holt mir ein Handtuch!«

»Ich konnte den Hai verletzen … mit meinem Messer.« Der Junge öffnete langsam die Augen, während er sprach. Sein Gesicht wirkte, als wäre es aus weißem Wachs geformt. Peter schätzte ihn auf höchstens zwanzig Jahre. Am Unterschenkel trug er einen Gurt für ein Tauchermesser. Etwas ungewöhnlich für einen Surfer, aber in dem Fall vielleicht ein Segen.

»Ich hab ihn erwischt, aber er mich auch – das Biest!«

»Nicht reden!«, gebot Peter. Er wollte dem Jungen nicht sagen, wie kritisch die Situation war. »Alles ist gut, aber spar lieber deine Kräfte.«

»Mir ist so kalt!«, sagte der Junge leise.

»Hier!« Die Surferin reichte Peter ein Handtuch.

»Danke.« Der Zweite Detektiv presste den Stoff fest auf die Wunde und lächelte den Jungen aufmunternd an. »Die Kälte kommt vom Wind.«

»Ich glaube eher, dass die Kälte vom Blutverlust kommt«, mischte sich die Surferin ein.
Peter sah zu ihr auf und schüttelte kaum merklich den Kopf. Der Verletzte sollte sich bloß nicht zusätzlich aufregen. Außerdem musste er bei Bewusstsein bleiben! Als er die Augen schließen wollte, verstärkte Peter den Druck auf die Wunde.
»Wie heißt du?«, fragte er laut.
»Matt.«
»Kommst du aus der Gegend?«
»Nein.«
Hinter Peter erklangen eilige Schritte auf dem steinigen Strand. Der Freund der Surferin kam zurück. »Ich habe einen Rettungswagen gerufen! Gleich kommt ein Arzt.«
Der verletzte Junge versuchte, sich aufzurichten. Peter hielt ihn fest. »Nicht bewegen!«
»Puh«, der Mann drehte sich weg, »ich kann gar nicht hinsehen.«
»Ich muss dir was sagen!«, flüsterte der Junge.
»Mir?«, fragte Peter verwundert und zugleich irritiert. Hinter ihm hatten die beiden Surfer eine lautstarke Debatte darüber angefangen, ob Haie nun schreckliche Bestien oder schützenswerte Wundertiere seien. In der Ferne erklang eine Sirene. Sie kam mit rascher Geschwindigkeit näher.
»Was denn?«, hakte Peter nach. Doch der Junge starrte nur regungslos in den Himmel. Peters Herz klopfte schneller. »He, Matt! Komm zurück!«
»Ich bin noch da«, brachte der Junge mühsam hervor. Er atmete schwer. Sein Gesicht wurde von Minute zu Minute blasser. Peter sah auf. Oben an der Küstenstraße hielt der

Krankenwagen. Die beiden Surfer liefen ihm entgegen. Vermutlich waren sie froh, endlich etwas tun zu können.

»Alles wird gut!«, wiederholte Peter mechanisch.

»Du bist Peter Shaw, oder?« Der Junge versuchte, Peter am Arm zu packen, hatte jedoch nicht mehr genug Kraft dafür. »Von den … drei ???.«

Peter blickte ihn überrascht an. »Woher –«

»Egal!«, wurde er unterbrochen. »Ihr müsst … einen Fall für mich übernehmen! In meinem Auto … blauer Bus …« Matt musste pausieren, weil ihm die Kraft ausging.

Währenddessen stiegen zwei Sanitäter mit einer Trage die Stufen zum Strand hinunter.

»Autoschlüssel liegt … bei meinem Handtuch.« Er machte eine kaum sichtbare Bewegung mit dem Arm. »Schau …« Matts Stimme wurde immer leiser, sodass der Zweite Detektiv sich anstrengen musste, um überhaupt noch etwas zu verstehen. »Schau dir ›Die Gezeiten‹ an, das …«

Eine Möwe kreischte über ihren Köpfen und sorgte dafür, dass Peter den Rest des Satzes nicht verstand. »Was hast du gesagt?«

»Finde Finnley! Ist in Gefahr! Rede mit George, er …« Danach wurde die Sprache des Jungen so undeutlich, dass Peter nur noch Fragmente verstand. Er glaubte »Vorsicht«, »Mr Blond« und »Angreifer« zu verstehen. Außerdem fiel zweimal das Wort »Surfer!«. Aber da kreischte schon wieder die Möwe. Es war beinahe, als würde sie sich einen Spaß daraus machen, das Gespräch zu stören. Ärgerlich blickte Peter zum Himmel. Als er sich wieder Matt zuwandte, sah er, dass der Junge das Bewusstsein verloren hatte.

Dreck

Sie brauchten ein sicheres Versteck! Justus Jonas sah sich hektisch auf dem Schrottplatz um. Der Stapel mit dem Bauholz war zu weit entfernt. Die Freiluftwerkstatt befand sich in unerreichbarer Ferne. Was er und sein Freund Bob Andrews jetzt brauchten, war ein großer Schrank oder eine geräumige Truhe! Sein Blick blieb an der Baustellentoilette hängen, die Onkel Titus gerade erstanden hatte. Zusammen mit einem Gerüst, zwei Schubkarren und diversen Werkzeugen gehörte sie zu den Überresten eines geschlossenen Handwerksbetriebs. Justus verwarf die Idee. Die Toilette war zu eng für zwei Menschen. Außerdem befand sie sich in einem üblen Zustand.

»Zu spät!« Bob stöhnte auf. »Deine Tante hat uns gesehen!«

Tatsächlich steuerte Mrs Jonas zielstrebig auf die Jungen zu. Ihre geblümte Schürze flatterte im Sommerwind. Offiziell war Justus' Onkel Titus Jonas der Chef des Gebrauchtwarenhandels, aber jeder wusste, dass eigentlich seine Frau Mathilda das Sagen hatte. Sie führte ein strenges Regiment in Haus und Hof und sorgte dafür, dass auf dem Schrottplatz alles seine Ordnung hatte. Dafür spannte sie besonders gern ihren Neffen Justus und seine beiden besten Freunde ein.

»Was treibt ihr euch hier herum?«, rief sie ihnen entgegen. So, als wäre es streng verboten, an einem Spätsommertag in den Ferien einfach so im Freien zu stehen und miteinander zu reden. »Titus hat gestern eine Fuhre unnützes Zeug aus Salinas mitgebracht. Dort haben sie ein Kino aufgelöst. Ihr

könnt gleich damit anfangen, alles zu sortieren und zu reinigen. Die Popcornmaschine sieht aus, als wäre sie noch nie sauber gemacht worden.«
Justus atmete auf. Offenbar hatte Tante Mathilda die Sachen von der Baustelle vergessen. Eine dreckige Popcornmaschine zu reinigen war sicherlich kein besonderes Vergnügen, aber um Längen besser, als ein mobiles Klo zu putzen.
»Wir kümmern uns darum«, versprach er.
»Wunderbar«, sagte Tante Mathilda zufrieden. »Und wie ich sehe, bekommt ihr gerade Verstärkung!«
Justus spähte an seiner Tante vorbei zum Tor des Schrottplatzes. Dort stellte gerade ein großer, braunhaariger Junge ein Fahrrad ab, an dem seitlich auf einem Träger ein Surfbrett klemmte.
»Peter!«
»Ich muss mich jetzt um ein paar Rechnungen kümmern«, verkündete Mrs Jonas. Sie machte auf dem Absatz kehrt und war kurz darauf in der hübsch gestrichenen Baracke verschwunden, die als Büro für den Schrottplatz diente.
»Arbeit?«, fragte Peter, als er zu seinen Freunden trat.
»Es gibt auch Menschen, die nicht jede freie Minute surfen«, erwiderte Justus anstelle einer Antwort.
Peters Gesicht war gerötet und er sah angespannt aus. »Ich komme gerade vom Krankenhaus.«
»Vom Krankenhaus? Was ist passiert?«, fragte Bob besorgt.
»Ein Surfer ist von einem Hai angegriffen worden.« Peter ließ sich auf den Rand einer alten Badewanne sinken. »Zum Glück hatte er ein kleines Tauchermesser dabei und konnte den Hai damit abwehren.«

»Es kommt ganz auf die Perspektive an«, räumte Justus ein. »Für den Hai war der Ausgang des Zusammentreffens vermutlich tödlich und daher weniger glücklich.«
Bob hob missbilligend die Augenbrauen. »Just!«
»Ich sage doch nicht, dass der Surfer falsch gehandelt hat«, gab der Erste Detektiv zurück. »Ich habe lediglich –«
»Ist der Surfer schwer verletzt?«, fragte Bob dazwischen.
»Ja, aber die Chancen stehen wohl ganz gut, dass er durchkommt«, antwortete Peter. »Wenn ich die Sanitäter richtig verstanden habe, war die Wunde nicht ganz so schlimm, wie sie aussah.«
Justus nickte langsam. »Dann hatte der Surfer wirklich Glück!«
»Freunde, wir haben einen Fall!«, platzte Peter dann heraus. »Ich habe eben am Strand den Auftrag bekommen!«
»Wir haben leider auch einen Auftrag von Tante Mathilda!«, sagte Justus zerknirscht. »Ich fürchte, wir kommen nicht umhin, uns der neusten Errungenschaften meines Onkels zwecks Säuberung anzunehmen.«
»Just, ich rede von einem Fall!« Peter überging die geschwollene Redeweise des Ersten Detektivs. Er war längst daran gewöhnt, dass sein Freund sich gern gehoben ausdrückte. »Vielleicht ist ein Mensch in Gefahr!«
Justus atmete tief durch. Dann nahm sein Gesicht einen entschlossenen Ausdruck an. »Unter diesen Umständen können wir Tante Mathilda sicherlich um einen Aufschub bitten. Vorausgesetzt, es handelt sich wirklich um einen Fall und um eine Gefahrensituation.«
»Es hörte sich zumindest so an!« In knappen Worten berichtete Peter, was am Südstrand passiert war.

Als er fertig war, begann Justus langsam auf und ab zu gehen. »Ein junger Mann namens Matt beauftragt uns also damit, einen Finnley zu finden. Wir sollen zu seinem blauen Bus gehen, uns die Gezeiten angucken und mit George reden«, fasste der Erste Detektiv zusammen.
»Richtig«, sagte Peter. »In seinem Wagen war ich schon, aber ich habe nichts gefunden, was auf einen Finnley hindeutet. Und die Gezeiten sind natürlich Ebbe und Flut. Die hat jeder Surfer im Blick.«
»Wo befindet sich der Bus jetzt?«, wollte Justus wissen.
»Ich habe ihn beim Krankenhaus geparkt«, antwortete Peter. »Dann habe ich Matts Rucksack dort abgegeben. Sprechen konnte ich ihn leider nicht, weil er gerade operiert wurde.«
Justus sah nachdenklich aus. »Hast du den Inhalt des Rucksacks überprüft?«
Peter nickte. »Darin befanden sich ein Portemonnaie mit Geld, Kreditkarte und Führerschein, Sonnencreme und …« Er machte eine bedeutungsvolle Pause. »… unsere Visitenkarte!« Er reichte seinen Freunden das Rechteck aus festem, schwarzem Papier.

Das Exemplar war zerknickt und verdreckt. An der unteren linken Seite prangte ein halbmondförmiger schwarzbrauner Fleck.

»Der Dreck kommt nicht von mir«, versicherte Peter. »Und Matts Sachen waren ansonsten geradezu pingelig sauber. Vielleicht hat er die Karte irgendwo gefunden.«

»Woher wusste er dann, wer du bist?«, gab Justus zu bedenken.

»Das Rätsel ist schon gelöst!« Der Zweite Detektiv hielt Justus einen Zeitungsartikel hin, den jemand ausgeschnitten hatte. Genau wie die Karte war auch er schmutzig und zerknickt. Unter der Überschrift »Die Superhelden von Rocky Beach« war ein Foto von den drei ??? abgedruckt. »Das lag auch noch im Rucksack.«

»Der Artikel stammt aus einer März-Ausgabe der Rocky Beach Today«, stellte Justus missmutig fest. »Ein äußerst unsachlich formulierter und überdies auch noch schlecht recherchierter Bericht über unsere Arbeit.«

»Was ist mit diesem George, mit dem wir reden sollen?«, überlegte Bob. »Vielleicht weiß der mehr. Kann doch sein, dass er Matt die Karte gegeben hat.«

»Es könnte sich um George Davies handeln«, meinte Peter. »Der hat einen Ferienjob bei dem Kiosk am Hauptstrand. Von dort aus kann man den Surfern beim Wellenreiten zuschauen. Das passt doch. Wenn ich Matt richtig verstanden habe, hat alles etwas mit einem Surfer zu tun. Oder mit mehreren Surfern.«

»Dann hat George vielleicht etwas beobachtet!«, mutmaßte Bob.

»Kollegen!« Justus hob eine Hand. »Bitte keine vorschnellen Theorien! Wir sollten uns zunächst die Fakten vornehmen. Dafür werden wir uns in die Zentrale begeben.«
Die Zentrale der drei ??? war ein alter Wohnwagen, der unter einem Berg von Schrott verborgen war. Von außen war nicht zu ahnen, dass sich unter dem Gerümpel ein komplettes Büro befand – sogar mit einem kleinen Labor und einer Küchenecke. Man konnte durch verschiedene Geheimgänge hineingelangen. Einer davon war ein großer, ausrangierter Kühlschrank, den die drei ??? »Das kalte Tor« nannten.
Als Justus die Kühlschranktür hinter sich schloss, dachte er an Tante Mathilda. Später würde es garantiert ein Donnerwetter geben. Immerhin ignorierten die Jungen einfach ihren Auftrag. Aber der Fall hatte eindeutig Vorrang.
»Hiermit erkläre ich unsere erste Sitzung im Fall ›Surfer‹ für eröffnet.« Der Erste Detektiv setzte sich auf seinen Lieblingssessel und verschränkte die Hände. »Beginnen wir mit den Informationen, die uns bereits zur Verfügung stehen.«
Bob holte einen Block aus einem verbeulten Aktenschrank und schnappte sich einen Stift. Er notierte sich die Namen »George« und »Finnley«. Unter ein großes Fragezeichen schrieb er die Begriffe, bei denen sich Peter nicht ganz sicher war: »Vorsicht«, »Mr Blond«, »Angreifer« und »Surfer«. Dann wandte er sich an Peter. »Hast du dir gemerkt, was auf Matts Führerschein stand?«
»Nein«, gab Peter zurück. Er setzte sich auf einen Bürostuhl, dessen Rollen bei jeder Bewegung quietschten. »Merken kann ich mir so was nicht. Aber ich habe es mir aufgeschrieben.« Schwungvoll zog er einen zusammengefalteten Zettel

aus der Tasche und warf ihn Bob zu. Der Zettel verfehlte sein Ziel und landete auf dem Boden. »Du musst an deinen Reflexen arbeiten.« Peter grinste.

Bob schüttelte nur den Kopf und hob den Zettel auf. »Matthew James Kooning«, las er vor.

»Er scheint ein Tourist zu sein«, erklärte Peter. »Seine Adresse liegt jedenfalls im Bundesstaat Michigan.«

»Das ist doch mal ein Anfang«, stellte Justus zufrieden fest. »Bob, als Fachmann für Recherchen ist es deine Aufgabe, mehr über unseren Auftraggeber herauszufinden. Wer ist Matthew James Kooning und was trieb ihn hier nach Rocky Beach?«

»Und was ist mit George? Und mit diesem Finnley, der in Gefahr ist?«, fragte Peter. »Es klang fast so, als ob Matt glaubt, dass wir die kennen.«

Justus lehnte sich auf seinem Sessel zurück. »Möglich. Eventuell sind aber auch zusätzliche Informationen nötig, um diese Menschen zu finden. Matt hat dich schließlich extra auf sein Auto hingewiesen.«

»Auto ist gut. Es ist ein VW-Bus. So ein echtes Surfermobil«, meinte Peter.

»Für uns ist zunächst nur wichtig, ob du den Innenraum gründlich untersucht hast.«

»Natürlich«, beteuerte Peter. »Ich habe einen Schlafsack gefunden, eine Zahnbürste, zwei Bücher und einen Karton mit Lebensmitteln. Keine Hinweise auf einen George oder einen Finnley, keine Fotos, kein Notizbuch, kein Tagebuch, keine weiteren Visitenkarten oder Zeitungsausschnitte.«

»Einen Anhaltspunkt haben wir zumindest.« Justus stand auf und betrat das kleine Labor der Zentrale. Darin befand sich

auch ein Mikroskop. Er legte die schmutzige, zerknickte Visitenkarte der drei ??? auf den Objekttisch und spähte durch das Okular. Dann rumorte er eine Weile im Labor herum.
»Der Fleck erinnert mich an den Abdruck von einem Becher«, sagte Peter ungeduldig.
»So ist es, Zweiter.« Der Erste Detektiv sah auf. »Jemand hat einen Becher mit Kaffee auf der Karte abgestellt. Es sind sogar Rückstände von Kaffeesatz zu erkennen. Das Gleiche gilt für den Zeitungsartikel. Hier konnte ich auch noch Rost- und Teerspuren ausmachen.«
Bob lachte trocken auf und tippte mit seinem Stift auf den Schreibblock. »Also schön. Falls der Fleck nicht von Matt stammt, müssen wir nur noch jemanden suchen, der Kaffee trinkt.«
»Genauer gesagt jemanden, der sich grobkörnigen Kaffee ohne Filter aufkocht.« Justus überging Bobs ironischen Tonfall. »Jemanden, der im Übrigen wenig Wert auf Sauberkeit legt, beim Anfassen der Karte Spuren von Teer oder schwarzer Farbe an den Fingern hatte und offensichtlich auch noch einen Grund sah, unsere Visitenkarte aufzubewahren.«
»Auch da kommen endlos viele Leute infrage«, meinte Peter.
»Nicht, wenn man zusätzlich den Namen ›George‹ ins Spiel bringt und den maritimen Hintergrund des Falls im Auge behält.« Justus grinste breit.
»Ich weiß zwar, dass ›maritim‹ heißt, dass es etwas mit dem Meer zu tun hat«, überlegte Peter. »Aber das bringt mich gerade nicht weiter.«
»Denk an den Hafen, der unweit von Rocky Beachs beliebtester Surfstelle liegt. Welcher unordentliche Zeitgenosse

besitzt dort ein Boot mit geteertem Unterboden und pflegt die Gewohnheit, sich ägyptischen Kaffee aufzubrühen?«

»Klar!« Bob setzte sich gerade auf. »Rubbish George!«

»Exakt!«, sagte Justus.

Rubbish George war ein ehemaliger Stadtstreicher, der mittlerweile auf einem Schiff im Hafen von Rocky Beach lebte. Bei ihren Ermittlungen hatten die drei ??? schon häufiger mit ihm zu tun gehabt. Es war also durchaus möglich, dass er eine Visitenkarte der Detektive besaß.

»Kann sein, muss aber nicht«, sagte Peter. »Ehrlich gesagt, finde ich diese Vermutung etwas weit hergeholt.«

»Daher heißt es auch ›Vermutung‹ und nicht ›Beweis‹.« Justus schaltete das Licht im Labor aus und gesellte sich wieder zu seinen Freunden. »Wenn man in Küstennähe nach jemandem sucht, ist Rubbish eine gute Anlaufstation. Es kann nicht schaden, ihn zu dem Fall zu befragen. Sobald ich mit Tante Mathilda geredet habe, werde ich einen Abstecher zum Hafen machen.«

»Sie wird dich nicht gehen lassen«, mutmaßte Bob.

»Sie wird«, gab Justus zurück. »Lass mich nur machen. Du hast ja bereits einen Auftrag. Peter kann zum Strand fahren und mit George Davies sprechen.«

»Okay. Dort kann ich mich auch bei den Surfern umhören, ob jemand einen Finnley kennt«, bot Peter an.

Justus zögerte. »Vielleicht ist das vorerst keine gute Idee.«

»Warum denn nicht?«

»Wir wissen doch gar nicht, wer diesen Finnley bedroht«, gab Justus zu bedenken. »Vielleicht bringen wir ihn mit der falschen Frage am falschen Ort erst recht in Gefahr!«

Wipe-out

Der Hafen von Rocky Beach war gut besucht. Das Wetter war im Laufe des Vormittags immer sonniger geworden und es wehte ein angenehmer Wind. Segler machten ihre Jachten für einen Törn bereit, Gäste des Hafencafés saßen in der Sonne und kleine Motorboote tuckerten durch das klare, blaugrüne Wasser. Ein paar Touristen fotografierten die Pelikane im Hafenbecken und zwei Jungen schauten sich vor dem Surfshop bunte Neoprenanzüge und Funktionshemden an.

Justus kam es so vor, als hätten alle Menschen gute Laune. Er selbst war noch etwas angeschlagen von dem Gespräch mit seiner Tante. Obwohl sie ein großes Herz hatte, konnte Tante Mathilda sehr streng sein. Für spontane Ermittlungen während der Arbeitszeit hatte sie wenig Verständnis. Wie konnte jemand ernsthaft hinter Verbrechern her sein, wenn auf dem Schrottplatz eine schmutzige Popcornmaschine stand und gleich daneben ein verstaubter Kinosessel? Justus hatte hoch und heilig versprechen müssen, ein paar Sonderschichten als Wiedergutmachung einzulegen.

Der Erste Detektiv verdrängte die Gedanken an den Schrottplatz und machte sich zielstrebig auf den Weg zu dem Boot von Rubbish George. Es lag etwas abseits von den schnittigen weißen Jachten. Justus musste über einen wackeligen Steg gehen, dessen Stabilität er nicht recht traute. Als er endlich die schwimmende Behausung erreichte, war niemand an Deck zu sehen.

»Hallo?«, rief Justus laut. »George?« Es kam keine Antwort. Vielleicht war er nicht da. Hin und wieder nahm Rubbish Jobs im Hafen an. Justus überlegte, ob er einfach später noch mal wiederkommen sollte, da hörte er ein Rumpeln unter Deck. Jemand war auf dem Boot! Der Erste Detektiv kletterte umständlich an Bord. »Rubbish?«, fragte er erneut. Jetzt sah er, dass die Tür zur Kajüte offen stand. Eine steile Treppe führte hinab in den Bauch des Bootes. Wieder hörte er von unten ein Rumpeln. Warum antwortete Rubbish George ihm nicht? Justus' Neugier war geweckt. Langsam stieg er die Stufen hinunter. Eine unangenehme Duftmischung aus Schiffsdiesel, gekochten Bohnen, Abwasser und süßlichen Gewürzen lag in der Luft. Der Erste Detektiv zog die Nase kraus und sah sich um. Vor ihm lag eine alte Matratze mit einer zerwühlten Bettdecke. Daneben stand eine Schale mit Räucherstäbchen, daher also der süßliche Geruch. In grauen Spiralen stieg der Rauch auf und verwirbelte sich in dem niedrigen Raum. Justus unterdrückte ein Husten. Zu seiner Linken war ein Bereich mit einer Gardine abgetrennt. Was rechts lag, konnte der Erste Detektiv nicht mehr erkennen. Ohne Vorwarnung bewegte sich die Gardine, dann überschlugen sich die Ereignisse: Jemand sprang auf den Ersten Detektiv zu. Ein Stoß fegte ihn von der letzten Treppenstufe. Und bevor er sich zu dem Angreifer umdrehen konnte, sauste ein schwerer Gegenstand auf ihn herab!

Die Welle rollte an. Peter begann zu paddeln. Seine Finger ruderten durch das kalte Wasser. Er spürte, wie sein Puls sich beschleunigte, und spannte die Muskeln an. Jetzt! Peter sprang mit einem Ruck auf das Board. Salzige Gischt spritzte auf. Er federte leicht mit den Knien, steuerte nach rechts und nahm an Geschwindigkeit zu. Aus den Augenwinkeln sah der Zweite Detektiv die Wand aus Wasser, an der er entlangfuhr. Die Welle wuchs über ihn hinaus, bald würde sich der Tunnel schließen. Obwohl der Ritt nur wenige Sekunden dauerte, fühlte es sich für Peter an, als wäre er in einer Welt ohne Zeit. Hinter ihm brachen sich die Wassermassen in weißem Schaum und er tauchte wieder in der Realität auf. Jetzt erst hörte er das Tosen des Meeres. Peter kniff die Augen zusammen und versuchte, einzelne Personen auf den Surfbrettern in seiner Nähe zu erkennen. Es gelang ihm nicht. Das Sonnenlicht wurde in tausenden von kleinen Goldpunkten vom Meer reflektiert. Herrlich!

Justus hatte zwar gesagt, dass er nicht offen nach einem Finnley fragen durfte, aber es schadete sicher nichts, sich unter die Surfer zu mischen. Das gehörte schließlich auch zu dem Fall. Genau genommen ermittelte der Zweite Detektiv gerade – auf dem Surfbrett. Außerdem war George Davies zu beschäftigt gewesen, um in Ruhe mit Peter zu reden. In den Ferien war am Hauptstrand von Rocky Beach einfach zu viel los. George kam mit dem Ausschenken von Cola, Wasser und Limonade kaum hinterher. Trotzdem hatte Peter den Anflug von einem schlechten Gewissen. Justus und Bob waren unterwegs, um Matt zu helfen, und er hatte Spaß auf dem Meer.

»Erstklassig gesurft!«

Peter drehte sich zur Seite. Ein paar andere Surfer hatten sich neben ihm eingefunden. Darunter auch Brandon Rink, ein

Junge aus seiner Bioklasse. Peter legte sich auf sein Board und ließ sich von einer kleinen Welle ein Stück zu ihm hin tragen. »Dein Kickflip war aber auch nicht schlecht.«
»Danke!«, sagte Brandon erfreut.
»Auch ein blindes Huhn findet mal ein Korn«, sagte jemand mit einer rauen Stimme. »Oder besser gesagt: eine Welle.«
»Stenseth! Freundlich wie immer.« Peter kannte den Surfer. Er war ungefähr in seinem Alter, ging aber nicht in Rocky Beach zur Schule, sondern besuchte die Green Canyon Highschool.
»So bin ich eben, Shaw.« Der Junge strich sich das nasse, schwarze Haar aus der Stirn. Bevor Peter oder Brandon etwas erwidern konnten, paddelte er los. Aus den Augenwinkeln sah der Zweite Detektiv, wie sich eine Welle hinter ihm aufbaute. Sekunden später stand Stenseth auf dem Brett.
»Dem wünsche ich mal einen peinlichen Wipe-out!«, sagte Brandon.
»Ich glaube nicht, dass der jemals so richtig heftig vom Brett gefegt wird.« Peter musste neidlos zugeben, dass Stenseth außergewöhnlich talentiert war.
»Ich leider auch nicht. Er ist diesen Sommer hier der unangefochtene König der Wellen. Zumindest solange Jeffrey verreist ist. Ich wette, er wird im nächsten Jahr den *Summer Surf*-Wettbewerb gewinnen und als Profi für ein bekanntes Label einsteigen.« Brandon machte ein missmutiges Gesicht. »Neben dem komme ich mir jedenfalls immer vor wie ein Affe auf einem Bügelbrett.«
»Lass dich nicht von Stenseth einschüchtern«, gab Peter zurück. »Außer Surfen kann der nichts. Abgesehen davon wird

Jeffrey nächstes Jahr garantiert auch antreten und dann werden wir ja sehen, wer gewinnt.«
Brandon nickte. »Oder du meldest dich.«
»Ich bin nicht gut genug«, sagte Peter zähneknirschend. Brandon hatte einen wunden Punkt getroffen. Peter versuchte, Surfen, Schule und die drei ??? neben mehreren Sportarten unterzubringen. Manchmal kam es ihm so vor, als würde er alles nur halb machen. Außerdem hatte Peters Freundin Kelly wieder einmal mit ihm Schluss gemacht, weil ihm kaum Zeit für Verabredungen blieb.
»Alles klar bei dir?«, fragte Brandon.
»Ja, alles super.« Peter besann sich. »Ich glaube, ich mach mal Pause.« Gerade schob der Eismann seinen Wagen mit dem bunten Schirm über die Strandpromenade, was dazu führte, dass der Andrang an der kleinen Bar nachließ. Wenn Peter mit George reden wollte, dann jetzt.
Kurz darauf joggte er aus dem Wasser, sein Surfboard unter dem Arm. Die kleine Strandbar war genau genommen nur ein Kiosk aus Treibholz, Stroh und Bambusmatten. Er stand direkt an der Promenade. Hier herrschte reges Treiben. Eine Gruppe von Surfern saß auf der niedrigen Mauer, die den Weg vom Strand trennte. Ein paar Mädchen auf Skateboards lächelten Peter zu. Er grüßte knapp. Dann wich er einem weißblonden Mann mit Sonnenbrille aus, der beim Laufen mit dem Handy telefonierte und immer wieder aufs Meer starrte. Dort stürzte Brandon gerade vom Brett.
»Hi, Peter!«, rief George, als der Zweite Detektiv den Kiosk erreichte. »Lass mich raten, du willst eine große Cola und einen Schokoriegel mit Erdnussgeschmack. Richtig?«

Peter schüttelte den Kopf. »Hallo, George. Nein, danke. Heute brauche ich nur eine Information.«
»Sturm!« Ein bärtiger Mann in einem Blümchenkleid lief an ihnen vorbei. »Ein Sturm wird kommen! Und die Wellen werden uns verschlingen!«
Peter sah ihm irritiert nach.
George winkte ab. »Ein paar Leute glauben, dass uns ein großer Sturm ins Haus steht. Oder besser gesagt, ein durchschnittlicher Sturm mit überdurchschnittlich großen Wellen.«
»Bislang haben die Wetterdienste aber noch nichts Dramatisches verkündet.« Peter klopfte auf sein Board, als würde das Glück bringen.
»Kann ja noch kommen«, meinte George. »Nun aber zu dir. Du wolltest etwas wissen.«
Peter nickte. »Ich suche jemanden. Hast du in den letzten Tagen zufällig mit einem Jungen gesprochen, der Matt heißt? Er hat kurze, braune Locken und kommt nicht von hier.«
George überlegte kurz. »Ich kann mich nicht erinnern. Es kommen ja ziemlich viele Leute zur Bar.«
»Schade.« Peter klopfte nachdenklich mit den Fingerspitzen auf sein Surfbrett. Er überlegte, ob er George doch auf Finnley ansprechen sollte. George war in Ordnung. Er war zwar nicht gerade eng mit den drei ??? befreundet, aber Peter kannte ihn seit der Grundschulzeit. Allerdings betonte Justus immer wieder, dass man niemandem trauen durfte. Schließlich konnte auch eine harmlos wirkende Oma eine eiskalte Verbrecherin sein und die eigene Freundin eine Verräterin.

Peter fand jedoch, dass man ab und zu ein Risiko eingehen musste, wenn man mehr erfahren wollte. George war eine gute Informationsquelle. Er hatte den Strand den ganzen Tag im Blick und kam mit vielen Menschen ins Gespräch. Außerdem hatte Matt extra gesagt, dass er mit einem George sprechen sollte. »Sagt dir der Name Finnley etwas?«

»Ein Surfer?«, fragte George.

»Vermutlich«, gab Peter zurück.

»Klar.« George lachte. »Und dir doch auch.«

»Mir?« Peter sah seinen Schulkameraden verdutzt an.

»Ja. Du warst doch eben mit ihm surfen!«

Rostiger Kaffee

Sterne blitzten auf. Oder waren es Lichtpunkte? Justus' Knie gaben nach. Seine linke Schulter pochte. Der Erste Detektiv sackte zusammen. Mit einer Hand fing er sich ab. Ein stechender Schmerz zuckte durch sein Handgelenk.

»Justus Jonas?« Rubbish George baute sich vor ihm auf. »Was soll das denn?«

Justus sah zu dem Mann hoch. Er stöhnte. »Das könnte ich dich auch fragen.«

Rubbish George stellte die Bratpfanne ab, die er in den Händen hielt. In ihr klebten die Reste von weißen Bohnen, Speck und Tomatensoße. Justus vermutete, dass George ihn damit niedergestreckt hatte.

»Das ist mein Boot! Und ich schätze es nicht, wenn sich Leute unter Deck herumtreiben.« Rubbish sah Justus vorwurfsvoll an.

»Ich habe laut nach dir gerufen.« Justus setzte sich langsam auf. »Sogar mehrfach. Du hast nicht geantwortet.«

»Kein Wunder.« Rubbish deutete auf ein Paar Kopfhörer, die er um den Hals trug. Ein Kabel führte zu einem Walkman. Das Gerät war mindestens dreißig Jahre alt, schien aber noch zu funktionieren. Erst jetzt hörte Justus die Musik, die aus den Kopfhörern drang. »Das ist mein Putz-Mix: Reggae, Blues und Samba. Den muss man laut hören.«

Der Erste Detektiv blickte sich zweifelnd um. Es sah nicht danach aus, als würde Rubbish oft – oder überhaupt jemals – putzen.

Der Mann deutete Justus' Blick richtig. »Ich wollte gerade anfangen. Manchmal muss ich mich mit der Musik erst in die richtige Stimmung bringen. Gerade, wenn mal wieder der Abwasch ansteht.«

»Hm«, machte Justus nur. Er rieb sich die schmerzende Schulter.

»Sei froh, dass ich dir die Bratpfanne nicht über den Kopf gezogen habe«, meinte George. »Kaffee?«

»Mit viel Zucker!« Justus stöhnte leise und rieb weiter seine Schulter.

George wandte sich der kleinen Küchenecke zu. »Was treibt dich her? Wieder mal ein Fall?«

»Wir haben einen Auftrag bekommen«, berichtete Justus. »Aber unser Klient liegt gerade im Krankenhaus.«

»Scheußlich«, meinte Rubbish. Justus wusste nicht, ob der ehemalige Stadtstreicher damit das Krankenhaus oder seinen verkrusteten Herd meinte.

»Der junge Mann heißt Matthew Kooning. Er hatte eine Karte von uns dabei und meinte, wir sollten mit einem George sprechen.«

»Und da kommst du zu mir.« George suchte nach zwei sauberen Bechern. »Gute Entscheidung! Ich hab dem Kerl tatsächlich empfohlen, euch zu engagieren. Hab ihm die Karte und einen Artikel über euch gegeben.«

Justus ließ seine Schulter los. »Weißt du, worum es Matt genau ging?«

»Ich bin in letzter Zeit etwas vergesslich«, brummte George. »Aber Scheine und Münzen sollen ja dagegen helfen. So ein Zehner könnte meiner Erinnerung auf die Sprünge helfen.«

Justus verzog das Gesicht. Dann kramte er die Reste seines Taschengeldes hervor.
»Jetzt weiß ich es wieder«, sagte George, als das Geld vor ihm auf einem kleinen Klapptisch lag. »Matt kam nach Rocky Beach, um jemanden zu suchen. Dabei hat er sich aber reichlich blöd angestellt. Keine Ahnung vom Surfen, keine Ahnung, wie man einen Bus mit Schaltgetriebe fährt, und keine Ahnung, wie man sich unauffällig verhält. Im Hafencafé wäre er fast beklaut worden. Ich hab das verhindert und dann sind wir ins Plaudern gekommen.«
»Hat er zufällig einen Finnley gesucht?«
Rubbish George stellte zwei Becher aus Metall auf den Tisch und goss Kaffee aus einer Thermoskanne ein. »Wenn du schon alles weißt, warum fragst du mich dann?«
»Uns sind bislang nur wenige Fakten bekannt«, gab Justus zu.
George schob ihm eine rostige Dose hin. Darin befanden sich mehrere Klumpen Zucker. »Also gut: Matt suchte nach einem Surfer aus der Gegend. Er kannte ihn nicht, wusste seinen Nachnamen nicht und hatte auch keine Ahnung, wie er vorgehen sollte. Immerhin hatte er ein paar Fotos dabei – von einem Finnley, der angeblich in Gefahr ist.«
»Hat er dir dazu Genaueres gesagt?«
»Nein. Es kam mir aber so vor, als hätte der Bursche keinen Plan. Darum habe ich ihm auch geraten, euch zu engagieren. Er hat die Karte eingesteckt und mir einen Zwanziger gegeben – aus so einem schicken, teuren Portemonnaie.«
»Konntest du ihm auch sagen, wer Finnley ist?« Justus nahm vorsichtig einen Schluck Kaffee. Der Geschmack von Rost lag unangenehm auf seiner Zunge.

»Klar. Ich hab den Typen auf den Fotos erkannt«, sagte George. »Er ist noch jung, vielleicht in deinem Alter. Nimmt manchmal Arbeiten im Hafen an und jobbt außerdem bei *Liquid Teal* – das ist der Surfshop neben der Tauchschule.«
»Den Laden kenne ich.«
George lachte auf. »Kaum zu glauben. Du wirkst auf mich nicht gerade wie ein begeisterter Surfer.«
»Ich schwimme lieber«, gab Justus zu. »Aber mein Onkel kennt die beiden Inhaber von *Liquid Teal*.«
»Finnley kann von deren Brettern jedenfalls nur träumen«, meinte Rubbish George. »Die Preise sind salziger als das Meerwasser.«
Als Justus kurze Zeit später wieder ins Sonnenlicht trat, hatte er noch immer den rostigen Geschmack im Mund. Außerdem roch sein Hemd nach Räucherstäbchen. Nachdenklich kletterte er über die Reling.
Rubbish George sah unterdessen hinaus aufs Meer. »Da braut sich was zusammen! Ich spür's förmlich in meinen Knochen. Und auf die kann ich mich verlassen. Wir kriegen einen hübschen Sturm!«

Peter kam sich dämlich vor – unheimlich dämlich. Finnley Stenseth war nicht immer so ein arroganter Einzelgänger gewesen. Vor ein oder zwei Jahren hatte er sich noch normal mit anderen Surfern unterhalten und sie dabei nicht nur verächtlich beim Nachnamen genannt. Und er selbst war da noch »Finnley« gewesen. Peter hätte sich einfach daran erinnern müssen. Justus und Bob hätten niemals einen Namen vergessen. Zum Glück hatte George Davies dem Zweiten

Detektiv auf die Sprünge geholfen. Die Frage war nur, ob es sich bei Finnley Stenseth um den Finnley handelte, der in Gefahr sein sollte. Der dunkelhaarige Junge verließ gerade den Strand. Mit großen Schritten betrat er die Promenade, sein Surfbrett fest im Griff. Peter verabschiedete sich eilig von George und setzte zur Verfolgung an. Das war gar nicht so einfach und schon nach wenigen Metern hatte er Finnley aus den Augen verloren. Es schien, als wäre ganz Rocky Beach entschlossen, den Nachmittag am Strand zu verbringen. Immerhin hatte Peter eine Ahnung, wo Finnley hinwollte. Hinter dem Parkplatz und den Fahrradständern gab es ein kleines Häuschen mit Duschen und Toiletten. Auf dessen Rückseite befanden sich Schließfächer, in denen man seine Tasche lassen konnte. Sehr praktisch, wenn man auf dem Wasser unterwegs war und nicht auf Schlüssel, Geld und andere Wertsachen achten konnte.

Als Peter den Parkplatz erreichte, beschleunigte er seine Schritte. Tatsächlich entdeckte er Finnley und sein Surfbrett wieder. Außerdem sah er den Mann mit dem Handy, der ihm schon vorher an der Strandpromenade begegnet war. Nicht nur wegen seiner hellblonden Haare fiel er auf. Seine Kleidung entsprach ganz und gar nicht der des typischen Strandbesuchers. Er trug eine offene Lederjacke und ein auberginefarbenes Hemd aus einem fließenden Stoff zu engen schwarzen Jeans und blauen Cowboystiefeln. Für das Wetter war er definitiv zu warm angezogen, aber das schien den Mann nicht zu stören. Es kam Peter fast vor, als würde er Finnley verfolgen. Wobei es natürlich auch sein konnte, dass er lediglich das gleiche Ziel hatte.

Finnley umrundete jetzt das Häuschen mit den Duschen und Toiletten und ging zur Rückseite, wo sich die Schließfächer befanden. Der Mann hingegen blieb bei einer Bank stehen und zückte wieder sein Handy. Der Zweite Detektiv konnte sein süßliches Rasierwasser riechen, als er an ihm vorbeikam. Finnley schloss ein Fach auf und zog einen zerschlissenen Rucksack heraus. Peter hatte seine Sachen ebenfalls hier eingeschlossen. Er nahm das Armband mit dem Schlüssel ab: Nummer 67 – ganz in der Nähe von Finnleys Nummer 71.

»Kann es sein, dass du verfolgt wirst?«, fragte Peter leise, als er den Schlüssel im Schloss drehte.

Finnley sah nicht einmal auf. »Kümmere dich um deine eigenen Angelegenheiten, Shaw!«

Erst jetzt bemerkte Peter einen rötlich-blauen Schatten an Finnleys Kinn. Ein Bluterguss! Hatte Finnley sich geprügelt oder war es ein Unfall gewesen?

»Ich meine ja nur –«, fing Peter erneut an.

Der dunkelhaarige Junge schnaubte. »Hast du nichts zu tun? Deine Eltern haben doch bestimmt einen hübschen, grünen Rasen, der dringend gemäht werden muss.«

»Es ist ein Mann, auffällig blond«, raunte Peter. »Er stand vorhin schon an der Promenade und hat das Meer beobachtet.«

Jetzt sah Finnley doch auf. »Aha!«

»Kennst du einen Matt?«, fragte Peter.

»Nie gehört.« Finnley schulterte den Rucksack.

Peter machte einen Schritt auf ihn zu. »Matthew James Kooning?«

In Finnleys Blick flackerte etwas auf, das Peter nicht deuten konnte. War es Angst? Oder Wut? Oder Misstrauen? »Kenne ich nicht, will ich auch nicht kennen. Weder den noch deinen Mr Auffällig-Blond. Ich muss jetzt los.«
Peter wollte schon die Karte der drei ??? aus seinem eigenen Rucksack holen, aber er fürchtete, dass sich Finnley dann über ihn lustig machen würde. »Pass auf, ich schreibe dir meine Nummer auf.«
Finnley lachte auf. »Wozu? Ich habe kein Interesse an einem Date mit jemandem, der nicht mal richtig surfen kann.«
»Äh«, machte Peter. Nun zog er doch die Visitenkarte hervor. Finnley machte sich eh über ihn lustig. Dabei fiel Peters Blick auf etwas, das in seinem Rucksack lag. Etwas, das er darin vergessen hatte. Doch darum konnte er sich auch gleich noch kümmern. »Meine Freunde und ich sind Detektive.«
Finnley ignorierte die Karte. »Man sieht sich, Shaw.« Mit diesen Worten stapfte er davon.
Peter wollte ihm noch hinterherrufen, dass er sehr wohl surfen könne, aber er ließ es bleiben. Mr Auffällig-Blond heftete sich nämlich gerade erneut an Finnleys Fersen. Mr Blond! Das hatte der Zweite Detektiv doch gerade erst von jemand anderem gehört! Von Matt! Hatte der ihn etwa vor diesem Mann warnen wollen?

Das Geheimnis der Gezeiten

»Finnley wollte etwas vor mir verbergen!«, rief Peter aufgebracht ins Telefon. Sobald er zu Hause angekommen war, hatte er die Nummer der Zentrale gewählt. »Ich wette, er kennt Matt!«

»Gut möglich«, kam Justus' Stimme aus dem Hörer. »Warum bist du ihm nicht weiter gefolgt?«

»Er ist in den Bus gestiegen. Die 3er-Linie Richtung Seven Pines und Malibu.«

»Und der blonde Mann?«

»Der ist sofort zurück zum Parkplatz und hat sein Auto geholt«, berichtete Peter. »Ein Cadillac XTS, schwarz. Nummernschild aus Kalifornien.«

»Hat er den Bus verfolgt?«

»Es sah so aus. Mit dem Fahrrad bin ich nicht weit hinterhergekommen.« Er machte eine kurze Pause. »Aber weißt du was, Just? Ich habe den Schlüssel von Matts Wagen noch!«

»Hm«, machte Justus. »Das kommt unseren Ermittlungen natürlich sehr entgegen.«

»Ich habe vorhin im Krankenhaus einfach vergessen, ihn abzugeben«, redete Peter weiter. »War wohl noch ziemlich durcheinander wegen des Hais und dem ganzen Blut!«

»Wir treffen uns am Memorial Hospital!«, entschied Justus. »Bob soll auch gleich hinfahren.«

Peter machte ein langes Gesicht, was Justus natürlich nicht sehen konnte. »Ich wollte eigentlich duschen und dann etwas essen. Ich bin seit heute früh unterwegs!«

»Wir sind mitten in einem Fall! Essen und duschen kannst du später!«

In der Frontscheibe des VW-Busses spiegelte sich die rote Abendsonne. Der blaue Wagen war nicht gerade neu, aber auch keines von den ganz alten Modellen, die bei Surfern besonders beliebt waren. Peter öffnete die Seitentür und kletterte ins Innere. Es gab einen halbhohen Schrank mit Schubladen, auf dem sich eine Herdplatte und ein winziges Waschbecken befanden. Die Rücksitze waren zu einer Liegefläche ausgeklappt. Matt hatte in einem grünen Schlafsack geschlafen, der zusammengefaltet in einer Ecke lag. Allem Anschein nach war er ein sehr ordentlicher Zeitgenosse. Der Müll war in einem abgeschlossenen Eimer verstaut, alle Wäschestücke befanden sich zusammengelegt im Schrank und die Schuhe waren in extra dafür vorgesehenen Beuteln verstaut. Unter dem Bett standen Hausschuhe.
»Falls Matt das große Abenteuer gesucht hat, hat er es gediegen angehen lassen«, bemerkte Justus.
»Bis ihm ein Hai in die Quere kam.« Peter klappte das Handschuhfach auf und spähte erneut hinein. Leise fügte er hinzu: »Ich hoffe, er wird wieder gesund.«
In dem Moment stieg Bob zu ihnen in den Wagen. Gemeinsam mit Justus untersuchte er die Schubladen und Fächer im hinteren Teil des Wagens. Hier gab es nichts Spannendes zu entdecken: Plastikteller und Becher, eine Kulturtasche mit Duschgel, Zahnbürste und Zahnpasta sowie zwei Bücher.
»Das habe ich vor Kurzem auch gelesen.« Bob hielt ein dickes, gebundenes Buch hoch, in dem ein Lesezeichen steckte.

Justus griff an ihm vorbei und schnappte sich ein Taschenbuch. »Das Exemplar hier interessiert mich deutlich mehr!«
»Lass mich raten: eine wissenschaftliche Abhandlung über Atome im Weltall«, sagte Peter, ohne sich zu seinem Kollegen umzudrehen.
»Mitnichten«, entgegnete Justus. »Anscheinend hast du dir heute früh nicht die Mühe gemacht, die Bücher einzeln anzusehen!«
Nun drehte sich Peter doch noch um. »Entschuldige, mir war da einfach nicht nach Lesen zumute.«
Bob warf einen Blick auf das Buch. »Es hätte sich gelohnt!«
»›Die Gezeiten‹«, las Justus vor. »Ein Thriller von Darren Mitchell-Balton.«
»Das meinte Matt also, als er von den Gezeiten sprach! Nicht Ebbe und Flut, sondern ein Buch!«
»Wohl eher dessen Inhalt.« Justus hatte das Taschenbuch aufgeklappt. Von den Seiten war nur noch ein breiter Rand vorhanden. Das Innere war herausgeschnitten. In der viereckigen Vertiefung lag ein zusammengefalteter brauner Umschlag.
»Das Versteck im Buch«, meinte Justus. »Nicht neu, aber doch immer wieder wirksam. Wir sollten –«
»Uns verstecken!«, rief Peter. »Raus aus dem Wagen! Durch die Hintertür. Zu meinem MG! Los!«
Justus und Bob fragten nicht lange nach. Einer nach dem anderen sprangen sie aus der breiten Hintertür ins Freie, Peter als Letzter. Er wartete nicht ab, bis die Tür ins Schloss gerollt war, sondern eilte geduckt hinter seinen Freunden her. Der MG des Zweiten Detektivs stand praktischerweise

im Sichtschutz eines Kastenwagens. Peter sprang hinters Steuer, Bob auf die Rückbank und Justus auf den Beifahrersitz.

»Was war denn los?«, wollte Bob wissen, als Peter den Motor startete. Doch der antwortete nicht.

»Zweiter?«

»Gleich.« Peter legte den Rückwärtsgang ein und parkte aus. Er sah sich noch einmal rasch um, dann lenkte er den Wagen in Richtung Ausfahrt. »Ich habe Mr Blond gesehen!«, erklärte er schließlich. »Es sah so aus, als würde er nach dem Bus suchen. Ich hoffe, er hat uns nicht entdeckt!«

»Mr Blond?«, fragte Bob.

»Ein Mann mit sehr hellem Haar.« Peter lenkte sein Auto auf die Straße. »Er hat Finnley am Strand verfolgt.«

»Der Mr Blond, von dem Matt gesprochen hat? Wieso weißt du auf einmal, wer das ist?«

»Wir bringen dich gern auf den neusten Stand unserer Ermittlungen, Dritter, und hören uns an, was du inzwischen in Erfahrung bringen konntest«, sagte Justus. »Aber jetzt müssen wir erst einmal ins Krankenhaus.«

»Und was ist, wenn der Mann dort aufkreuzt? Er hat mich heute gemeinsam mit Finnley bei den Schließfächern gesehen!«, wandte Peter ein.

»Du hast doch bestimmt eine Mütze im Wagen und eine Sonnenbrille.« Justus sah sich um. Tatsächlich lag eine Kappe der Los Angeles Dodgers auf der Rückbank. »Wir beide gehen rein und fragen nach Matt. Bob fährt solange den MG zurück zum Parkplatz und behält den blonden Mann im Auge.«

»Ist er gefährlich?«, fragte Bob.
»Keine Ahnung. Komm ihm besser nicht in die Quere!«

Die drei ??? kannten das Rocky Beach Memorial Hospital. Es war das einzige Krankenhaus im näheren Umkreis. Die Jungen waren in den vergangenen Jahren als Besucher und auch schon mal als Patienten hier gewesen. Justus und Peter wussten deshalb genau, wo sie sich erkundigen konnten. Eine freundliche Frau mit rot gefärbten Haaren teilte ihnen mit, dass Matt bereits von der Intensivstation in ein normales Zimmer verlegt worden war. »Mehr darf ich euch aber wirklich nicht sagen«, erklärte sie. »Auch wenn du ihm das Leben gerettet hast.« Sie schenkte Peter ein breites Lächeln. Der Zweite Detektiv nahm seine Sonnenbrille ab und lächelte zurück. Dabei hielt er den Schlüssel des VW-Busses hoch. »Ich habe vorhin den Rucksack von Matthew hergebracht, da fehlte aber der Autoschlüssel.«
»Moment.« Die Frau blickte auf ihren Computer, dann sah sie wieder auf. »Du kannst den Schlüssel im zweiten Stock abgeben. Die Station links vom Fahrstuhl. Das Schwesternzimmer liegt gleich hinter der Tür.«
»Ich hoffe, wir können mit Matt sprechen«, sagte Justus, als sie kurz darauf aus dem Fahrstuhl traten.
»Die Besuchszeit ist schon vorbei«, meinte Peter. Er trat auf eine Glastür zu, die sich automatisch öffnete.
»Achtung!« Ein junger Mann kam ihnen entgegen. Er schob einen Wagen mit Reinigungsmitteln, an dem zwei Müllbeutel befestigt waren. Justus sah ihm kurz hinterher, dann wandte er sich an eine Krankenschwester, die soeben auf den

Flur getreten war. Sie sah müde aus und hörte Justus ungeduldig zu, während er erklärte, weswegen sie hier waren.
»Mr Kooning empfängt keinen Besuch«, sagte sie knapp.
»Betrifft das lediglich den aktuellen Zeitpunkt oder ist das eine grundsätzliche Aussage?«, wollte Justus wissen.
Die Krankenschwester musste einen Moment überlegen, bis sie Justus' Frage verstanden hatte. »Er empfängt keinen Besuch. Heute nicht und morgen auch nicht.«
»Können Sie uns wenigstens sagen, wie es ihm geht?«
»Ich darf dir keine Auskunft erteilen.« Sie wollte sich schon umdrehen, als Peter erneut mit dem Schlüssel winkte. »Und was ist damit?«
Die Krankenschwester zögerte kurz, dann streckte sie die Hand aus. »Ich kümmere mich darum.«
»Schwester!«
Die Frau drehte sich leicht genervt um. Ein Mann stand in der offenen Tür eines Zimmers. »Ich habe bereits zwei Mal geklingelt!«
»Ich komme ja gleich.«
»Unverzüglich!« Die Stimme des Mannes war hart. Es war offensichtlich, dass er keinen Widerspruch duldete. Die Krankenschwester schnappte sich mit angespanntem Gesichtsausdruck den Autoschlüssel. »Danke, Jungs.«
»Ich habe nicht ewig Zeit!« Der Mann stand noch immer in der Tür.
»Wir gehen«, entschied Justus. Zu Peter gewandt fügte er leise hinzu: »Aber wir kommen wieder.«

Tag, Uhrzeit, Ort

»Ich habe Hunger und ich möchte duschen!«, sagte Peter mit Nachdruck.

»Wir fahren in die Zentrale«, entschied Justus. Er öffnete die Beifahrertür und stieg in den MG.

»Wie lief es?«, fragte Bob.

»Nicht optimal«, antwortete Justus. »Wir durften nicht zu Matt. Und bei dir?«

»Der Blonde hat tatsächlich den VW-Bus durchsucht. Als er fertig war, hat er noch ein paar Fotos von außen gemacht. Dann ist er mit einem schwarzen Cadillac davongefahren.«

Justus zog eine Augenbraue hoch. »Warum bist du ihm nicht gefolgt?«

»Ein ausparkender Wagen hat den MG blockiert.« Bob seufzte. »Und mein Käfer streikt. Ich bin mit dem Bus hier.«

»Bedauerlich.« Der Erste Detektiv schnallte sich langsam an. »Immerhin können wir jetzt davon ausgehen, dass dieser Mann tatsächlich etwas mit dem Fall zu tun hat.«

»Erst verfolgt er Finnley am Strand, dann spioniert er Matt hinterher«, meinte Peter. »Klingt so, als hätten wir einen Hauptverdächtigen.«

»Dazu bräuchten wir zunächst einen Verdacht«, stellte Justus fest. »Wir wissen noch nicht, worum es überhaupt geht.«

»Okay. Wir holen uns bei Taco Bell einen Imbiss und fahren dann sofort zu Inspektor Cotta.« Peter gab energisch Gas. »Der soll Finnley beschützen und Mr Blond beschatten lassen.«

»Matt hat den Fall aber an dich weitergegeben, nicht an die Polizei!«, widersprach Justus.

Peter bremste vor einer roten Ampel. »Als er vom Hai gebissen wurde, war zufällig kein Polizist unter den Surfern.«

»Gegen eine Runde Tacos ist jedenfalls nichts einzuwenden«, fand Bob. »Wir essen dort und reden dabei in Ruhe über den Fall. Dann entscheiden wir, ob wir zur Polizei gehen oder selbst weiterermitteln.«

»Wir müssen auch noch den braunen Umschlag öffnen, den wir im Bus gefunden haben«, erinnerte Justus seine Kollegen. »Aber auch das können wir meinetwegen im Restaurant machen. Meine letzte Mahlzeit ist ebenfalls schon zu lange her.«

Peter seufzte und bog rechts auf die Straße ab, an der das Taco-Bell-Schnellrestaurant lag. Bis sie jeder ein großes Getränk und ein Körbchen mit mexikanischem Fast Food vor sich hatten, hingen alle drei schweigend ihren Gedanken nach. Peter gähnte. Der Tag hatte seine Spuren hinterlassen. Er genehmigte sich als Erstes einen großen Schluck Cola. Vielleicht wurde er davon wieder etwas wacher. Dann nickte er Bob zu. »Fang du an.«

»Gute Idee«, sagte Justus, der einen saftigen Burrito zum Mund hob. »Zu welchen Ergebnissen hat deine Recherche geführt, Dritter?«

Bob wischte sich die Finger an einer Serviette ab und zog seinen Notizblock aus dem Rucksack. »Im Internet bin ich ziemlich schnell fündig geworden. Matthew hat bis zum Sommer eine angesehene Privatschule in Michigan besucht und dort seinen Highschool-Abschluss gemacht. Er war Mit-

glied des Tennisteams und Redakteur des Jahrbuchs.« Bob schaute auf seine Notizen. »Außerdem ist er Einzelkind.«
»Das bringt uns nicht viel weiter, oder?« Peter nahm einen weiteren Schluck von der Cola.
»Alles kann von Bedeutung sein«, widersprach Justus. »Was hast du sonst noch, Bob?«
Der dritte Detektiv legte ein Foto auf den Tisch, das er aus dem Internet ausgedruckt hatte. Darauf sah man einen Jungen mit hellbraunen Locken. Er trug ein gestreiftes Oberhemd und einen dunkelblauen Pullunder. »Das ist er, oder?«
Peter betrachtete das Bild. »Wenn man sich die Haare nass vorstellt und noch eine blutige Bisswunde hinzudenkt, könnte es hinkommen. Hier sieht er ja eher aus, als würde er gerade zum Golfplatz gehen.«
»Soweit ich weiß, ist er im Segelclub«, berichtete Bob. »Genau wie sein Vater. Matthew ist der Sohn von Dr. Lawrence James Kooning.«
»Nie gehört«, brummte Peter. »Muss man den kennen?«
»Nur, wenn man reich ist und im Krankheitsfall bevorzugt behandelt werden will«, antwortete Bob. »Dr. Kooning ist ein erfolgreicher Arzt und Leiter der privaten Lancaster-Klinik – einer Art Luxuskrankenhaus. Es gehören wohl diverse Hollywood-Stars und Spitzensportler zu seinen Patienten.«
Peter sah auf. »Auch Surfer?«
»Wenn die sich das leisten können, bestimmt. Hauptsächlich behandelt Dr. Kooning Football- und Baseball-Profis«, berichtete Bob. »Und bald wird es auch eine Lancaster-Klinik in Los Angeles geben.« Er reichte einen Artikel mit Bildern herum.

»Moment!« Justus stutzte. »Den Mann habe ich heute im Rocky Beach Memorial Hospital gesehen! Er hat die Krankenschwester unter Druck gesetzt, weil sie nicht schnell genug auf sein Klingeln reagiert hat.«
»Das ist Dr. Kooning.«
»Na, dann hat Matt keinen sehr netten Vater«, fand Peter.
»Keine voreiligen Schlussfolgerungen«, mahnte Justus. »Der Mann ist gerade bei seinem schwer verletzten Sohn gewesen. Es liegt nahe, dass er emotional aufgewühlt war. Halten wir zunächst fest, dass Matthew aus einer wohlhabenden Familie kommt.«
»Die Koonings sind garantiert steinreich.« Bob legte seinen Block auf den Tisch. »Bei Matts Mutter handelt es sich um Janet Lancaster-Kooning. Die Privatklinik gehört ihrem Vater.«
Justus schob sein leeres Plastikkörbchen zur Seite. »Fassen wir zusammen: Ein reicher Junge aus Michigan ist auf der Suche nach einem Surfer aus Rocky Beach – einem Surfer, den er nie zuvor gesehen hat und über den er kaum etwas weiß.«
»Irgendetwas wird er sich aber notiert haben«, warf Bob ein. »Denkt nur an den Umschlag aus dem Buch.«
»Zumindest das lässt sich hier an Ort und Stelle überprüfen.« Justus machte den braunen Umschlag auf und zog ein Papier heraus, auf dem zwei Fotos abgedruckt waren. Er reichte es an Bob weiter. »Wenn man davon ausgeht, dass das die Fotos sind, die Rubbish George gesehen hat, ist das ein Surfer namens Finnley. Peter hatte bereits Kontakt zu ihm. Finnley Stenseth, circa 16 oder 17 Jahre alt, Schüler an

der Green Canyon Highschool. Jobbt hin und wieder im Hafen und im Surfshop.«

Bob betrachtete die Bilder. Sie zeigten einen dunkelhaarigen Jungen auf einem Surfbrett, der gerade auf einer Welle ritt. Die Bilder waren vermutlich mit einem Teleobjektiv vom Strand aus gemacht worden.

Peter beugte sich zu seinem Freund rüber. »Ja, das könnte sehr gut Stenseth sein.«

»Ist noch was in dem Umschlag?«, fragte Bob.

»Ja.« Justus legte einen Zettel auf den Tisch. Darauf hatte jemand in einer unordentlichen Schreibschrift Notizen verfasst.

»Ein Datum und ein Ort!«, bemerkte Bob. »Vielleicht ein Treffpunkt?«

»17. August, gegen 21.00 Uhr!«, las Peter laut. »Das ist schon fast zwei Wochen her!«

»Es ist über ein Jahr her«, berichtigte Justus. »Du hast die Jahreszahl übersehen.«

Bob tippte auf das Papier. »Coast View Drive, Rocky Beach. Das ist doch in der Nähe vom Strand. Könnte es sein, dass das Foto von dort aufgenommen wurde?«

Peter nickte. »Von der Straße aus führt ein kleiner Fußweg runter zum Strand. Von da aus wäre es durchaus möglich.«

»Aber nicht um 21.00 Uhr«, mischte sich Justus ein. »Der Stand der Sonne lässt darauf schließen, dass es am Vormittag geschossen wurde.«

Bob beugte sich vor. »Auf dem Zettel ist noch eine weitere Information vermerkt: ›Finnley und Farryn/Farran‹.«

»Letzteres ist ein Mädchenname irisch-englischen Ursprungs.

Sieht so aus, als hätte Matt nicht nur nach einem Finnley gesucht, sondern auch nach einem Mädchen – oder einer Frau«, sagte Justus. »Hat Finnley eine Schwester?«
»Puh«, machte Peter. »Das weiß ich nicht. Er war manchmal mit einem älteren Mädchen unterwegs, aber die habe ich schon ewig nicht mehr gesehen. An ihren Namen kann ich mich nicht erinnern, aber ich weiß noch, dass sie eine gigantisch gute Surferin war!«
»Eventuell kann Finnley Stenseth uns erklären, was diese Aufzeichnungen zu bedeuten haben.« Justus steckte die beiden Papiere sorgfältig zurück in den Umschlag. »Wir werden ihn gleich morgen früh in der Angelegenheit aufsuchen.«
Peter fuhr sich erschöpft mit den Händen über das Gesicht. »Stenseth und ich sind nicht gerade beste Freunde. Bestimmt will er nicht mit uns reden. Außerdem wissen wir nicht, wo er wohnt.«
»Ich habe mich gleich nach meinem Besuch bei Rubbish George noch im Surfshop informiert«, sagte Justus. »Dort hat Finnley einen Ferienjob. Er ist morgen von 10.00 Uhr bis 14.00 Uhr im Laden. Und was das Gespräch betrifft, so kannst du das Reden einfach mir überlassen.«
»Dann gehen wir also nicht zur Polizei?«, wollte Bob wissen.
»Es ist unser Fall«, entschied Justus. Damit war die Sache beschlossen.

Nadeln und Sirup

»Justus Jonas!« Tante Mathilda stand im Türrahmen und blickte ihren Neffen streng an. »Was treibst du nun schon wieder?«

Der Erste Detektiv sah von seiner Arbeit auf. Er saß im Schein einer verbeulten Lampe in der Freiluftwerkstatt und hatte eine alte Nähmaschine vor sich aufgebaut. Es war ein Exemplar, das man noch mit einem Fußpedal bedienen musste, aber es funktionierte tadellos.

»Onkel Titus hat sie mir geliehen«, erklärte Justus. »Ich muss noch etwas nähen.«

»Nähen?« Tante Mathilda zog fragend die Augenbrauen hoch. »Du? Um diese Zeit?«

»Es ist dringend«, meinte Justus.

»So dringend wie die schmutzigen Sachen aus dem alten Kino?«, fragte Tante Mathilda. »Oder die Baustellentoilette?«

Justus sackte in sich zusammen. »Ich kümmere mich gleich morgen darum! Versprochen. Jetzt ist es schon zu dunkel.«

»Zu dunkel? Dein Onkel hat zufällig auch zwei Bauscheinwerfer erstanden.«

»Tante Mathilda!« Justus verlegte sich auf einen mitleidigen Tonfall. »Dieses Mal kümmere ich mich wirklich darum!«

»Genau! Und zwar jetzt!« Tante Mathilda hielt ihm einen Eimer hin. Darin befanden sich ein Reinigungsmittel, Handschuhe und ein Lappen. »Ran an die Arbeit.«

»Es ist schon nach neun Uhr! Das Jugendschutzgesetz verbietet Arbeit zu –«

»Auf diesem Schrottplatz bin ich das Gesetz!« Tante Mathilda besah sich das blaue Hemd, auf das Justus gerade einen dunklen Stoffstreifen nähte. »Gar nicht mal so schlecht!«, gab sie zu. »Allerdings ist die Maschine nicht ganz richtig eingestellt.«
Justus seufzte. »Ich brauche das schon morgen.«
»Mit zwei dunkelblauen Streifen an beiden Ärmeln?«, fragte Tante Mathilda. Sie griff sich den Zettel, auf dem Justus eine Skizze angefertigt hatte. Aus dem Gedächtnis hatte er eine Uniform aufgezeichnet – mit allen Details. »Das sollte zu schaffen sein. Du schnappst dir jetzt den Eimer und fängst mit deinen Aufgaben an und ich mache das Hemd fertig!«
»Danke!« Justus sprang auf. Seine Tante würde die Näharbeiten im Handumdrehen schaffen. Blieb ihm die unangenehme Putzarbeit. Der Erste Detektiv beschloss, mit der Popcornmaschine anzufangen. Das Baustellen-WC hatte wirklich Zeit bis morgen.

Das Blut sickerte auf die Steine und lief ins Wasser. Peter kniete in einer roten Pfütze. »Halt durch!«, sagte er zu dem blassen Jungen.
»Ich sterbe!«, sagte Matt. Seine Stimme war mit einem unheimlichen Hall hinterlegt. Peter presste sein Handtuch auf die Wunde, doch dann stellte er fest, dass Matt auch an beiden Beinen und Armen blutete. Und jetzt auch noch am Kopf. »Ich brauche mehr Handtücher!«, rief Peter. Doch niemand hörte ihn. Der Zweite Detektiv setzte sich auf. Es war dunkel! Seine Hände tasteten nach dem Handtuch. War das überhaupt ein Handtuch? Nur langsam kam er in die

Realität zurück. Er befand sich in seinem Zimmer. Die Leuchtziffern des Weckers standen auf 02.30 Uhr. Er atmete erleichtert auf. Es war nur ein Traum gewesen. Der Zweite Detektiv ließ sich zurücksinken und schlief sofort wieder ein. Doch die Erlebnisse des Tages verfolgten ihn auch dieses Mal bis in den Schlaf. Immer wieder griff der Hai an und immer wieder scheiterte Peter bei der Rettung. Was er auch tat, am Ende lag jemand blutüberströmt am Strand. Zuerst war es noch einmal Matt, danach Jeffrey, Kelly und zum Schluss auch Finnley. »Du hast mich einfach sterben lassen!«, hielt der dem Zweiten Detektiv vor.
Als der Wecker klingelte, war Peter geradezu dankbar. Er putzte sich gedankenverloren die Zähne, zog sich an und schlurfte in die Küche.
»Wo ist denn deine übliche Energie geblieben?«, fragte Mrs Shaw. Sie legte Peter einen frisch gebackenen Pfannkuchen auf den Teller.
»Die muss sich erst aufbauen«, murmelte er.
Mrs Shaw schob ihm den Ahornsirup hin. »Alles in Ordnung?«
»Klar! Danke, Mom.« Peter hatte seinen Eltern nichts von dem Haiangriff erzählt. Sie machten sich sonst nur unnötig Sorgen. Das galt für die meisten Dinge, die die drei ??? erlebten. Es war besser, wenn Eltern, Onkel und Tanten davon nichts erfuhren. Beim Essen versuchte Peter, das Chaos in seinem Kopf etwas zu ordnen und die Bilder des Traums abzuschütteln. Matt war von einem Hai gebissen worden, aber er hatte überlebt und lag nun sicher im Krankenhaus. Dafür hatte er die drei ??? damit beauftragt, sich um einen

Fall zu kümmern, über den sie viel zu wenig wussten. Einen Fall, der vermutlich etwas mit dem blonden Mann zu tun hatte. Und mit Finnley. Der war überdies auch noch in Gefahr. Dann fiel Peter der Notizzettel aus dem braunen Umschlag ein. Der 17. August hatte auch etwas mit dem Fall zu tun. Und der Coast View Drive sowie eine Person namens Farran oder Farryn. Peter rieb sich die Schläfen. Wenigstens musste er dieses Gewirr aus Informationen nicht allein sortieren. Vielleicht hatte Justus inzwischen einen seiner berühmten Geistesblitze gehabt und wartete nur darauf, seinen Freunden die Lösung des Rätsels zu präsentieren.

»Du siehst müde aus!«, fand Bob, als sich die drei ??? in der Freiluftwerkstatt auf dem Schrottplatz trafen. Sie wollten sich kurz besprechen und dann gemeinsam mit dem Fahrrad zum Hafen fahren.

»Ich habe schlecht geschlafen«, gab Peter zu. »Aber Justus sieht auch nicht gerade wie der pure Sonnenschein aus.«

Der Erste Detektiv zog sich mit spitzen Fingern ein Paar Gummihandschuhe aus. »Ich bin schon seit einer Stunde am Putzen! Ehrlich gesagt, nehme ich Onkel Titus die Auswahl seiner letzten Einkäufe persönlich übel.«

»Hattest du dabei wenigstens eine Eingebung, wie wir unseren Fall lösen können?«

Justus sah seinen Freund finster an. »Nein, ich war zu sehr damit beschäftigt, nicht durch die Nase zu atmen.«

»Tante Mathilda wird dich bestimmt mit einem Kirschkuchen entschädigen«, sagte Bob aufmunternd.

»Ich bin nicht sicher.« Justus legte die Handschuhe über den

Rand des Putzeimers. »Aber dafür hat sie gestern noch etwas für mich genäht.«
Bob grinste. »Der Herr lässt also nähen.«
»Ich hätte es durchaus auch selbst geschafft, wenn nicht die Pflicht gerufen hätte!«, antwortete Justus. Er klappte einen Pappkarton auf und holte das blaue Hemd heraus. Inzwischen hatte er auch einen passenden Ausweis gebastelt und an der Brusttasche des Hemdes angebracht. »Dazu noch blaue Stoffhosen, einen grauen Eimer und einen Wischmopp – fertig ist die Reinigungsfachkraft.«
Peter stutzte. »Sollst du das jetzt beim Arbeiten auf dem Schrottplatz tragen?«
»Der fehlende Schlaf macht sich wirklich deutlich bei dir bemerkbar, Zweiter.« Justus betrachtete zufrieden die Uniform. »Das ist meine Ausrüstung für einen Undercover-Einsatz! Als Besucher kommen wir am Krankenhauspersonal nicht vorbei, aber wenn ich als Teil dieses Personals in Erscheinung trete, könnte die Sache anders aussehen.«
»Du willst mit Matt reden«, schlussfolgerte Bob.
Justus sah auf die Uhr. »So schnell wie möglich. Dafür bräuchte ich dann auch ein Auto.«
»Du kannst meinen Käfer nehmen«, bot Bob spontan an. »Er springt zum Glück wieder an.«
»Und was ist mit dem Surfshop?«, wollte Peter wissen. »Du wolltest doch das Reden mit Finnley übernehmen.«
»Die Aufgabe übertrage ich euch«, sagte Justus. »Ich würde sagen, ihr schwingt euch gleich auf die Räder und fahrt hin. Sie öffnen in zehn Minuten!«

Liquid Teal

Der Surfshop lag in einem einstöckigen Gebäude am Hafen. Über der Tür hing ein Schild in der Form eines Surfbrettes. »Liquid Teal«, stand in blaugrünen Buchstaben darauf.

»Justus hätte doch lieber mitkommen sollen«, meinte Peter, als sie eintraten. »Er kennt die Besitzer.«

Justus Jonas machte zwar auf dem Surfbrett keine besonders gute Figur, aber sein Onkel Titus verstand sich großartig mit den Inhabern von *Liquid Teal* – zwei Cousins, die ihre Begeisterung für das Wellenreiten zum Beruf gemacht hatten. Ihren ersten Laden und die kleine Surfbrett-Werkstatt hatten sie überwiegend mit Material vom Schrottplatz aufgebaut. Das war vor vielen Jahren gewesen. Mittlerweile waren die Bretter äußerst beliebt geworden und die Produktion fand etwas außerhalb von Rocky Beach statt. Geblieben war das Geschäft am Hafen. Dort wurden ausschließlich Surfbretter der eigenen Marke verkauft. Neoprenanzüge und Zubehör gab es jedoch auch von anderen Herstellern.

»Wahnsinn!«, sagte Peter, als er die bunten Surfbretter bestaunte.

»Hübsch gemacht«, gab auch Bob zu.

»Hübsch?« Peter lachte auf. »*Liquid Teal* hat ein perfektes Design. Und die Bretter sollen super sein! Besonders die Shortboards!«

»Die Longboards sind ebenfalls erstklassig.« Finnley Stenseth trat hinter einem Regal mit Bademoden hervor. »Willst du dein Taschengeld loswerden, Shaw?«

»Wir sind nicht als Kunden hier«, stellte Peter klar.
Finnley kam langsam näher, Bob würdigte er dabei keines Blickes. »Lass mich raten. Du bist im Auftrag deines kleinen Detektivclubs hier. Die Superhelden von Rocky Beach.« Er sah Peter direkt in die Augen, ohne zu blinzeln.
Peter hielt dem Blick stand, obwohl es ihm unangenehm war. »Richtig«, sagte er. »Und wir haben ein paar Fragen an dich.«
»Ich rede aber nur mit Kunden«, erklärte Finnley. Noch immer ließ er den Zweiten Detektiv nicht aus den Augen.
Peter trat unruhig von einem Bein aufs andere.
»Wir brauchen Wachs.« Bob hatte sich umgesehen und eine Schale mit bunten Metalldosen entdeckt. Im Gegensatz zu den Brettern und den Neoprenanzügen gehörten sie zu den Artikeln, die erschwinglich waren. Die Preise reichten von 99 Cent bis hin zu ein paar Dollar. Das Wachs wurde dazu verwendet, die Oberfläche der Bretter einzureiben und den Surfern einen besseren Stand zu ermöglichen.
»Wachs?« Finnley gab ein schnaubendes Lachen von sich. »Hofft ihr, für ein paar Cent eine Auskunft zu bekommen?«
Bob zuckte mit den Achseln. »Das wird sich zeigen. Jedenfalls sind wir jetzt Kunden.«
»Das wäre also geklärt. Kommen wir zu den wichtigen Dingen!« Peter hielt Finnley den Zettel mit den handschriftlichen Notizen hin. »Was sagt dir das hier?«
Finnley presste die Lippen aufeinander und trat einen Schritt zurück.
»Was ist letztes Jahr am 17. August am Coast View Drive geschehen?«, hakte Bob nach.

»Nichts.« Finnley nahm eine Dose Wachs aus der Schale und trug sie zu dem Tresen im hinteren Teil des Ladens, wo sich die Kasse befand. »Das macht 1,99 Dollar.«
»Vielleicht sollten wir mit Farryn oder Farran sprechen«, meinte Bob gelassen, während er Finnley das Geld überreichte. »Sie wird uns sicherlich mehr dazu sagen können.«
»Wie wäre es, wenn ihr mich einfach in Ruhe lasst?« Finnley funkelte den dritten Detektiv wütend an.
»Wir wollen dir helfen«, lenkte Peter ein.
»Helfen?« Finnley lachte auf. »Du langweilst dich, weil beim Basketball Sommerpause und dein Surfkumpel Jeffrey verreist ist. Also schnapp dir eins von deinen Boards, geh aufs Wasser und arbeite an deinen Tricks.«
»Wir sind Detektive«, sagte Peter mit Nachdruck. »Und wir nehmen die Sache ernst!«
»Und ich bin Surfer und nehme die Sache auch ernst«, konterte Finnley. »Bekomm erst einmal einen vernünftigen Hang Five hin, dann reden wir.«
Jetzt sah Peter wütend aus. »Ich lege noch einen sauberen Hang Ten drauf!«
»Jungs!« Bob klatschte den Zettel mit den Notizen energisch auf den Tresen. »Matt hat etwas herausgefunden! Es hängt mit diesem Datum und diesem Ort zusammen und mit dir, Finnley! Und mit einer weiteren Person. Vielleicht seid ihr mittlerweile beide in Gefahr! Aber unterhaltet euch ruhig weiter über Surftricks.«
Vor dem Geschäft ertönte ein Motorengeräusch. Durch das Schaufester sah man einen Lieferwagen, der gerade einparkte.
»Neuware«, sagte Finnley. »Darum muss ich mich kümmern.«

»Wir schauen uns noch etwas im Laden um«, meinte Bob, als der dunkelhaarige Junge mit eiligen Schritten an ihnen vorbeiging. »Ist der immer so schlecht drauf?«, wollte er wissen, als die Ladentür hinter Finnley zugefallen war.
»Das ist Normalzustand«, bestätigte Peter. »Aber auf dem Longboard kann ihm keiner was vormachen und auf dem Shortboard ist er auch ziemlich gut.«
Bob spähte zwischen den Auslagen im Schaufester hindurch. »Er redet mit einem Typen.«
Peter trat zu seinem Freund. Tatsächlich stand Finnley draußen bei dem Lieferwagen und redete mit einem Mann. Er war von der Sonne gebräunt und durchtrainiert. Peter schätzte ihn auf Anfang zwanzig. Auf dem Lieferwagen war das Logo von *Liquid Teal* aufgedruckt. »Der kommt bestimmt aus der Surfboard-Werkstatt.«
»Wir nutzen die Situation aus!«, entschied Peter. »Du beobachtest Finnley und ich durchsuche seine Sachen. Vielleicht finde ich wenigstens seine Adresse heraus!« Er wartete die Antwort gar nicht erst ab, sondern umrundete den Tresen. Ein Mülleimer, ein Block, Stifte, zurückgelegte Ware, Preisschilder, aber weder eine Tasche noch ein Rucksack. Eilig sah sich Peter um. Hinter einem Ständer mit Surfbrettern befanden sich zwei Türen. Es war gut möglich, dass Finnley nicht allein im Laden war. Aber das Risiko musste er eingehen. Zur Not konnte er sich immer noch eine Ausrede einfallen lassen. Hinter der ersten Tür lag ein kleiner Waschraum. Hinter der zweiten Tür befand sich ein Büro. Es gab einen Schreibtisch mit Computer und Drucker, ein Regal mit Aktenordnern und einen geschlossenen Schrank.

»Bingo!«, sagte Peter leise. Vor dem Schrank hatte er Finnleys zerschlissenen Rucksack entdeckt. Der Zweite Detektiv öffnete den Reißverschluss und spähte hinein. Finnley hatte nicht viel dabei. Nur ein altes Handy, eine halb leere Flasche Cola und ein Portemonnaie. Mehr brauchte Peter auch nicht. Ein Führerschein oder Ausweis würde ihm reichen. Dann wusste er, wo Finnley wohnte, und konnte vor Ort mehr über ihn in Erfahrung bringen. Zum Beispiel, ob er eine Schwester hatte. Peter durchsuchte das Portemonnaie. Er fand darin fünf Dollar und ein paar Centstücke. Außerdem trug Finnley eine Karte der Bücherei von Rocky Beach bei sich. Daneben steckte ein Schülerausweis der Green Canyon Highschool. Peter zog ihn aus dem Fach.

Der Fahrer des Lieferwagens tippte Finnley mit dem Zeigefinger unsanft auf die Brust. Was er sagte, konnte Bob leider nicht verstehen. Es war allerdings offensichtlich, dass sich die beiden nicht sympathisch waren. Finnley murmelte etwas. Der braunhaarige Mann nickte. Dann schaute er zum Laden. Bob machte instinktiv einen Schritt zurück und tat so, als würde er sich für einen Neoprenanzug interessieren. Doch der Mann hatte definitiv gesehen, dass Bob ihn beobachtet hatte. Ein Anfängerfehler! Jetzt konnte er unmöglich weiter am Schaufenster herumstehen. Missmutig schob Bob die Anzüge auf der Stange hin und her. Er kannte diesen Typen! Irgendwo hatte er ihn schon einmal gesehen. Im Sichtschutz einer Schaufensterpuppe spähte Bob erneut hinaus zum Lieferwagen. Der Typ öffnete gerade die Klappe an der Rückseite und stieg in den Wagen. Bob konnte mehrere Surfbretter sehen, die an Gestellen festgemacht waren. Finnley half dem Mann dabei, die Bretter loszuschnallen. Währenddessen trat ein älterer Mann mit Brille und buntem Hawaiihemd zu dem Wagen. Er winkte ins Innere. Dann kehrte er um und öffnete die Tür des Ladens. Er stutzte kurz, als er Bob sah. »Kann ich dir helfen?«

»Nein danke, Sir«, antwortete Bob freundlich. »Ich habe bei Ihrem Kollegen schon etwas gekauft und wollte mich nur noch etwas umsehen.«

»Na dann, melde dich, wenn du doch noch etwas wissen willst.« Der Mann steuerte den hinteren Teil des Ladens an. Genauer gesagt die Tür, hinter der Peter gerade nach Finnleys Sachen suchte. Bob musste ihn aufhalten!

»Warten Sie!«, rief der dritte Detektiv in voller Lautstärke. Er setzte ein Lächeln auf. »Ich hätte wirklich noch eine Frage!«

»Schieß los.« Der Mann kehrte zu ihm zurück. Bob entspannte sich jedoch kaum. Hoffentlich hatte Peter mitbekommen, dass Bob nicht mehr allein im Laden war. Schließlich durfte er jetzt nicht einfach aus dem Hinterzimmer herausspazieren. Aber Bob konnte schlecht im Beisein des Mannes den Warnpfiff der drei ??? machen – den Ruf des Rotbauchfliegenschnäppers. Der Verkäufer hätte Bob für komplett verrückt gehalten, wenn er plötzlich Vogellaute von sich gegeben hätte. »Also … ich fange gerade erst mit dem Surfen an und ich weiß nicht, ob ich mir lieber ein Longboard oder ein Shortboard kaufen soll«, begann Bob. »Ehrlich gesagt, weiß ich bei der riesigen Auswahl überhaupt nicht, was für mich geeignet ist.«

Der Mann im Hawaiihemd strahlte. »Das ist kein Problem. Dafür bin ich der Fachmann!« Was folgte, war ein begeisterter Vortrag über all die verschiedenen Bretter, die beim Surfen eingesetzt wurden. Nach ein paar Minuten ging die Tür auf und Finnley trug ein Brett herein.
»Die Neuware bitte nach hinten links!«, rief der Mann ihm kurz zu.
»Mache ich, Mr Tealson!«, versprach Finnley. Er sah skeptisch hinüber zu Bob. Dann sah er sich suchend nach Peter um. Der Laden war unübersichtlich. Surfbretter, Kleiderständer und Regale sorgten dafür, dass man nicht in alle Ecken gucken konnte. Ein Vorteil für die Detektive.
»Das ist ein gutes Anfängerbrett!« Mr Tealson deutete auf ein mittelgroßes Surfboard in hellem Gelb.
»Aha.« Bob beugte sich mit gespieltem Interesse vor. Im selben Augenblick spähte Peter vorsichtig durch die Tür.

Mission: Wischen!

»Super!«, rief Bob. »Darf ich das mal genauer ansehen?«
Zum Glück stand der Verkäufer mit dem Rücken zu Peter. Jetzt durfte er sich auf keinen Fall umdrehen! Bob blickte rasch zu Finnley hinüber, der gerade das Surfbrett abstellte. Er war beschäftigt. Der Zweite Detektiv duckte sich und verschwand ungesehen hinter dem Tresen.
»Wir von *Liquid Teal* legen großen Wert auf hochwertiges Material«, erklärte der Verkäufer. Bob nickte, ohne richtig hinzuhören. »Unsere Boards sollen auch höchsten Strapazen standhalten.«
»Wo ist Shaw?«, fragte Finnley.
»Was?« Bob tat, als hätte er die Frage nicht verstanden.
»Shaw!«, wiederholte Finnley. »Hast du Tomaten auf den Ohren oder heckt ihr Nervensägen etwas aus?«
Mr Tealson sah den Jungen überrascht an. »Wie redest du mit einem Kunden?«
»Entschuldigen Sie, Sir«, sagte Finnley schnell.
»Ich glaube, ich habe endlich ein passendes Shirt gefunden!« Mit diesen Worten trat Peter aus einer der Umkleidekabinen. Bob atmete auf. Der Zweite Detektiv hatte sich also vom Tresen aus unbemerkt in eine Kabine geschlichen und tat nun so, als hätte er die ganze Zeit T-Shirts anprobiert. Tatsächlich hielt er drei Stück im Arm. »Blau oder Grau?«
»Blau!«, sagte Bob und hob einen Daumen hoch.
Finnley ging zur Kasse und nahm das Teil entgegen. »Das macht 38,50 Dollar.«

Der Zweite Detektiv schluckte kurz, zückte dann aber seine Bankkarte.

»90 % Nylon, 10 % Elastan – maschinenwaschbar bis 30 Grad. Nicht geeignet für Trockner«, spulte Finnley herunter. Dann blickte er auf das Etikett und lachte verächtlich. »Größe S. Das sitzt bestimmt großartig.«

»Ich mag keine weiten Sachen«, log Peter.

»Mit dem Teil surfst du bauchfrei.« Finnley legte das T-Shirt in eine bunte Papiertüte.

»Danke.« Peter schnappte sich die Tüte. »Wir sehen uns beim Surfen.«

Finnley nickte knapp. »Ja, leider.«

Justus hatte den Einsatz als Reinigungskraft genau geplant. Dabei war sein phänomenales Gedächtnis sehr hilfreich gewesen. Der Erste Detektiv bemerkte Dinge, die andere Menschen oft gar nicht wahrnahmen. Und er prägte sich alles ganz genau ein. Er konnte die Augen schließen und die Uniform der Putzleute bis ins Detail beschreiben – den angesteckten Ausweis, das hellblaue Hemd mit den dunkelblauen Streifen an den halblangen Ärmeln, die blaue Hose und die Schuhe aus blauem Plastik. Dazu hatte er nachgeforscht, wie die Reinigung des Krankenhauses organisiert war. Er wusste, dass es ein großes Team gab, das auf allen Stationen eingesetzt wurde und im Schichtdienst arbeitete. Ärzte, Schwestern und Pfleger kannten sicherlich viele von den Putzleuten, aber es war auch nicht ungewöhnlich, wenn mal ein neues Gesicht auftauchte. Wichtig war allerdings, dass die Schwester vom Vortag ihn nicht erkannte. Aber auch daran hatte

Justus gedacht. Die drei ??? besaßen einen Kostümfundus, aus dem sich Justus immer wieder gern bediente. Als kleines Kind hatte er als Schauspieler in einer Fernsehserie mitgespielt. Und auch, wenn er dem Filmgeschäft längst den Rücken gekehrt hatte, schlüpfte er noch immer gern in neue Rollen. Heute setzte er eine Brille mit einem breiten, schwarzen Rahmen auf. Sie veränderte nicht nur sein Aussehen, sie ließ ihn auch etwas älter wirken. In der Uniform konnte er auf jeden Fall als volljährig durchgehen. Er kämmte seine dichten, schwarzen Haare zu einem ordentlichen Seitenscheitel und zog das blaue Hemd an. Es saß perfekt. Die passende Hose hatte Justus in einem Karton mit alten Sportsachen gefunden. Sie sah nicht mehr ganz neu aus, war aber wenigstens gewaschen. Er hatte auf dem Schrottplatz sogar einen Wagen für die Müllsäcke gefunden. Damit war er so gut wie startklar.

Auf dem Weg zum Krankenhaus machte er noch einen Zwischenstopp beim *99 Cent Store.* Dort gab es billige Gummihandschuhe und Plastikeimer in allen Farben. Neben einem Grabbeltisch mit Einhörnern aus Stoff und Brotdosen mit dem Aufdruck einer Boygroup befand sich eine Auslage mit Hausschuhen und Pantoffeln. Der richtige Blauton war nicht dabei, aber immerhin gab es Schuhe, die denen der Putzkräfte zumindest ähnlich sahen. Sie waren zwei Nummern zu groß. Trotzdem war der Erste Detektiv zufrieden. Er hatte für fünf Dollar eine komplette Ausrüstung zusammengestellt, die auch noch täuschend echt aussah. Jetzt musste er nur noch eine überzeugende Putzkraft darstellen und sich zügig zu Matts Zimmer vorarbeiten.

Er parkte den Käfer auf dem Besucherparkplatz, nahm dann jedoch den Hintereingang des Krankenhauses. Im zweiten Stock steuerte er die Toiletten an. Dort füllte er Wasser in seinen Eimer. Jetzt konnte es losgehen! Er atmete noch einmal tief durch, dann machte er sich auf den Weg zur Station.

»Hast du etwas gefunden?« Bob stand neben Peter am Hafenbecken. Der Lieferwagen von *Liquid Teal* fuhr gerade ab.
»Einen Schülerausweis mit Adresse!«, berichtete Peter. Die Aktion war erfolgreich verlaufen. Dennoch war seine Stimmung gedrückt. Er hatte gerade ein viel zu teures T-Shirt in einer viel zu kleinen Größe gekauft.
»Hast du dir die Adresse notiert?« Bob sah den Zweiten Detektiv an.
»Äh, nee«, gab Peter zu. »Dafür war keine Zeit! Als ich gehört habe, wie du mit dem Verkäufer gesprochen hast, wollte ich nur noch schnell aus dem Büro raus. Also habe ich das Ding einfach eingesteckt.« Er reichte Bob die Plastikkarte. Sie war in verschiedenen Grüntönen gehalten. Auf einem Schwarz-Weiß-Foto war Finnleys Gesicht zu sehen. Daneben standen seine Schülernummer und die Adresse der Schule. Auf der Rückseite befanden sich weitere Angaben, darunter auch Finnleys Adresse und Geburtsdatum.
»Der 17. August ist schon mal nicht sein Geburtstag«, stellte Peter fest. »Und er wohnt nicht in Seven Pines.«
»Warum sollte er?«, fragte Bob.
»Weil er gestern den Bus in die Richtung genommen hat«, erklärte Peter. »Allerdings wurde er da auch verfolgt. Da wäre ich auch nicht auf geradem Weg nach Hause gefahren.«

»189 Las Tunas Street, Rocky Beach«, las Bob vor.
»Eine ziemlich lange Straße. Nummer 189 müsste irgendwo im Südosten liegen, am Fuß der Berge«, bemerkte Peter.
»Stimmt«, bestätigte Bob. »Ich frage mich nur, weswegen Finnley nicht auf unsere Schule geht.«
»Ich frage ihn das ganz bestimmt nicht«, meinte Peter.
»Aber vielleicht können wir mit jemandem aus Finnleys Familie reden«, schlug Bob vor. »Er ist ja gerade im Laden beschäftigt. Da könnten wir ganz in Ruhe zur Las Tunas Street fahren und bei der Nummer 189 klingeln.«
»Hm«, machte Peter unentschlossen. »Wenn Finnley wirklich in Gefahr ist, sollten wir ihn besser nicht aus den Augen lassen.«
»Da gebe ich dir recht«, sagte Bob. »Willst du den Job übernehmen?«

»Den Job musst du übernehmen!«, sagte die Krankenschwester. Sie rümpfte die Nase. Justus besah sich das Badezimmer. Der Deckel der Toilette war hochgeklappt. Auf den Fliesen davor spiegelten gelbe Pfützen das Neonlicht der Deckenlampe. Benutzte Papierhandtücher lagen zerknüllt neben und unter dem Waschbecken und zwei ausgetretene Badelatschen standen in der Dusche. Justus stöhnte.
»Wir sind alle froh, wenn der Patient entlassen wird«, sagte die Krankenschwester leise. »Aber es gibt Schlimmeres. Du bist neu im Team, oder?«
»Ja.« Justus nickte.
»Warte mal ab, bis sie dich in die OP-Räume schicken. Das ist nichts für schwache Nerven!«

»Mir reicht das hier vorerst«, gab Justus zu.
Er war so dicht dran! Matt lag auf diesem Flur, nur ein einziges Zimmer entfernt. Aber er konnte hier nicht weg. Brummend zog sich Justus die Handschuhe über. Womit hatte er eigentlich so viel ekelhaften Dreck innerhalb so weniger Stunden verdient? Mit jeder Minute stieg seine Achtung vor den Menschen, die das täglich machten. Er hoffte inständig, dass niemand auf die Idee kam, ihn noch bei den OPs einzusetzen. Als er fertig war, eilte er direkt zum nächsten Zimmer. Er klopfte an die Tür, in der gestern Dr. Kooning gestanden und die Krankenschwester zur Eile gedrängt hatte.
»Herein«, rief jemand. Es klang gedämpft. Justus drückte die Klinke und schob seinen Wagen samt Schrubber in den Raum. Es war ein Einzelzimmer. In einem Bett lag ein Junge. Sein blasses Gesicht wirkte sehr müde und seine Augen waren mit dunklen Schatten unterlegt. Er war allein.
»Matt?« Justus nahm seine Brille ab.
Der Junge sah ihn erstaunt an. Damit hatte der Erste Detektiv gerechnet. Für alle Fälle hatte er den Zeitungsartikel mit dem Foto der drei ??? eingesteckt, um Matt auf die Sprünge zu helfen. »Ich bin Justus Jonas.«
»Von den drei Detektiven!« Matt setzte sich mühsam auf. Dabei verzog er das Gesicht.
»Bleib ruhig liegen!«, mahnte Justus. »Wie geht es dir?«
»Den Umständen entsprechend gut. Die Ärztin meint, ich hätte großes Glück gehabt.«
»Allerdings.« Justus trat näher an das Bett heran. »Du hast gestern mit meinem Kollegen Peter Shaw gesprochen und ihn mit einem Fall beauftragt.«

»Peter hat mir das Leben gerettet!«, sagte Matt dankbar. »Ich hätte euch gleich um Hilfe bitten sollen. Aber ich wollte es unbedingt allein schaffen. Darum bin ich ja überhaupt nur surfen gegangen. Ich wollte Finnley möglichst unauffällig ansprechen. Wie du siehst, hat das nicht geklappt.«

»Finnley war gestern Morgen nicht in der Bucht. Dafür ein Hai«, fasste Justus zusammen. »Aber vielleicht freut es dich zu hören, dass wir den Fall übernommen haben. Peter und Bob kümmern sich gerade um Finnley.«

»Ihr habt ihn gefunden?«

»Ich gehe stark davon aus, dass wir den richtigen Finnley identifizieren konnten«, bestätigte der Erste Detektiv. »Aber noch fehlen uns die Hintergründe zu dem Fall.«

»Ich habe ein Gespräch belauscht«, platzte Matt heraus. »Damit fing alles an. Das muss vor …« Er machte eine Pause, um nachzudenken. »Es war vor drei oder vier Tagen. In Los Angeles. Mein Vater hat dort eine Wohnung, weil er geschäftlich oft hier in der Gegend ist. Meine Mutter war zum Shoppen in Beverly Hills und mein Vater wollte noch ein paar Telefonate erledigen. Ich hatte mir für den Tag vorgenommen, ein Filmstudio in Hollywood zu besichtigen. Aber unterwegs habe ich festgestellt, dass ich meinen Fotoapparat vergessen hatte. Ich habe eine ziemlich gute Spiegelreflexkamera und lege bei Fotos großen Wert auf Qualität.«

»Verständlich«, sagte Justus. Er wurde langsam etwas nervös. Matt holte bei seiner Geschichte weit aus. Einerseits konnte jedes noch so kleine Detail von Bedeutung sein, aber andererseits konnte auch jederzeit ein Arzt reinkommen – oder jemand von Matts Familie!

»Ich bin also umgekehrt«, fuhr Matt fort. »Natürlich wollte ich meinen Vater nicht stören. Ich weiß ja, wie wichtig ihm seine Arbeit ist. Darum bin ich ganz leise zu meinem Zimmer gegangen und habe die Kamera geholt. Auf dem Flur habe ich dann gehört, dass jemand bei meinem Vater war – in seinem Arbeitszimmer. Dad war sehr aufgeregt. Ich dachte erst, er würde mit jemandem streiten. Aber es war kein Streit. Und es ging auch nicht um die Klinik.«

»Worum dann?«

»Ich weiß es nicht! Ich wollte schon gehen, als der andere Mann plötzlich sagte: ›Ich erledige das mit Finnley und bringe ihn zum Schweigen.‹ Nein, warte …« Matt sah angestrengt aus. »Er hat es etwas anders formuliert.«

»Wie denn?«

»Eher: ›Ich beseitige ihn!‹«

»Das klingt nach Mordabsichten!«, stellte Justus fest.

»Also ›beseitigen‹ hat er vielleicht doch nicht gesagt. Aber es klang bedrohlich«, sagte Matt. »Mein Vater meinte dann: ›Regeln Sie das diskret. Ich gebe Ihnen Kopien von diesen Fotos mit‹ – so ähnlich jedenfalls.«

»So ähnlich?«, echote Justus. Seine Anspannung nahm zu. Er selbst hätte sich jedes einzelne Wort des Gesprächs genau eingeprägt. Aber Matt schien eher unstrukturiert zu sein. Der Erste Detektiv musste mit möglichst konkreten Fragen arbeiten. »Wie sah der Gesprächspartner deines Vaters denn aus?«

»Leider habe ich ihn nur von hinten gesehen, als er das Büro verließ. Ich habe mich im Gästeklo versteckt und durch den Türspalt geguckt. Er hatte extrem helle Haare. Fast wie bei

einem Albino. Aber ich tippe in dem Fall auf Wasserstoffperoxid. Das ist –«
»Ein Mittel zum Aufhellen von Haaren«, beendete Justus den Satz.
»Richtig«, stimmte Matt zu. »Ist schon lange nicht mehr modern, aber manche Leute denken trotzdem, dass sie damit schick aussehen.«
Justus fuhr sich nervös durch die Haare und brachte sie dadurch wieder in die gewohnte Unordnung. »Matt, hast du anderweitige Indizien dafür, dass dein Vater in kriminelle Machenschaften verstrickt ist?«
»Nein. Und genau diese Ungewissheit macht mich fertig.« Sein Gesicht nahm einen gequälten Ausdruck an. »Mein Vater ist nicht nur Arzt, sondern auch Geschäftsmann. Wenn es um die Klinik geht, kann er hart durchgreifen. Aber ich frage mich die ganze Zeit, ob er … also, ob er … fähig wäre … Ich meine, er ist doch kein Unmensch … Er würde …«
»Du fragst dich, ob er ein Menschenleben aufs Spiel setzen würde?«, hakte Justus vorsichtig nach.
Matt sah schweigend auf die Bettdecke hinab. Dann nickte er langsam.

Endstation Las Tunas

»Du hast also angefangen, gegen deinen Vater zu ermitteln?«, fragte Justus.

»Das klingt furchtbar, oder?«, erwiderte Matt betroffen. »Aber irgendwie stimmt es ja.«

Justus ging rasch die wichtigsten Fragen im Kopf durch. Er musste klären, wie Matt nach dem belauschten Gespräch ausgerechnet auf Finnley Stenseth gekommen war. Und wieso er die Fotos von ihm und die handschriftliche Notiz besaß, die er in dem Geheimfach im Buch gefunden hatte.

»Der blonde Mann ist definitiv hinter Finnley her!«, unterbrach Matt seine Gedanken. »Ich habe es selbst beobachtet! Und dann waren da diese Männer. Sie waren unglaublich bru–«

Die Tür ging auf. »Gute Neuigkeiten!«

»Mom!«

Begleitet von einer Duftwolke aus Parfüm rauschte eine edel gekleidete Dame ins Zimmer. Sie warf Justus einen irritierten Blick zu. Der fing daraufhin sofort an, den Boden zu wischen.

»Das können Sie später erledigen!«, befahl die Frau genervt. »Ich möchte in Ruhe mit meinem Sohn sprechen!«

»Sehr wohl, Madam«, sagte Justus mechanisch und schob seinen kleinen Wagen in Richtung Tür.

»Der Arzt meint, dass du morgen verlegt werden kannst!«, hörte er Mrs Kooning noch sagen. »Dann kommst du endlich in ein Krankenhaus mit gehobenem Standard!«

Missmutig trat Justus auf den Flur. Es gab noch so viele offene Fragen und jetzt sollte Matt auch noch in ein anderes Krankenhaus verlegt werden! Er rieb sich gedankenverloren die Stelle an der Schulter, an der Rubbish George ihn am Vortag erwischt hatte.

»He, was soll denn das?« Ein Mann in einer blauen Uniform kam ihm entgegen. Er schob einen Wagen mit zwei Müllbeuteln, einem Schrubber und einem Eimer. Es war ein Mann aus dem echten Putzteam!

»Ich ... äh ... bin neu hier und wohl auf dem falschen Flur.« Justus drehte sich um und steuerte mit schnellen Schritten die beiden Glastüren am Ende des Flurs an.

»Vorsicht!«, rief der Putzmann ihm hinterher. »Hier ist ...« Zu spät. Justus war in seinen viel zu großen Gummischuhen bereits heftig ins Rutschen gekommen.

»... frisch gewischt!«, beendete der Mann seinen Satz.

Doch da war Justus auch schon der Länge nach hingeschlagen. Sein Wagen rollte noch einen Meter weiter und stieß dann gegen eine Wand.

»Mensch, Junge!« Der Putzmann trat neben den Ersten Detektiv. »Alles klar mit dir?«

»Was ist denn hier los?« Eine Krankenschwester kam auf die beiden zu. Justus erkannte sie. Es war ausgerechnet die Frau, die ihn und Peter nicht zu Matt gelassen hatte.

»Alles okay. Wirklich!«, versicherte Justus. Der Putzmann half ihm auf. »Ich war nur auf dem falschen Flur und –«

»Dein Ausweis«, sagte der Mann skeptisch.

»Was ist damit?«, fragte die Krankenschwester streng.

»Der ist nicht von uns.«

»Ich … äh …« Justus suchte verzweifelt nach einer guten Erklärung. Er hatte den Ausweis aus dem Gedächtnis am Computer entworfen und ausgedruckt. Er sah den Originalen durchaus ähnlich, aber beim direkten Vergleich war die Fälschung leicht zu erkennen.
»Halten Sie ihn fest!«, rief die Krankenschwester dem Putzmann zu. »Ich rufe die Polizei!«

»Las Tunas Street Süd – Endstation«, erklang die Stimme des Busfahrers. Zischend gingen die Türen auf und Bob trat ins Freie. Gepflasterte Vorgärten, vertrocknete Oleanderbüsche, einfache Bungalows, ein paar Holzhäuser, eine Autowerkstatt und eine flache Lagerhalle – die Las Tunas Street gehörte sicherlich nicht zu den schönsten Straßen von Rocky Beach. Aber man hatte eine gute Sicht auf die Küstenbergkette. Die Nummer 189 lag nur ein paar Schritte von der Bushaltestelle entfernt. Bob öffnete die Pforte in einem Drahtzaun. Das einstöckige Holzhaus war beige gestrichen. Auf der Veranda standen alte Pappkartons, ein kaputter Badezimmerschrank, ein Eimer, ein paar leere Metallnäpfe und ein Kübel mit einer scharfkantigen Aloe-vera-Pflanze.
Als Bob klingelte, berührte ihn etwas am Bein. Erschrocken machte er einen Schritt zur Seite. Eine braune Katze sah zu ihm hoch. »Hi«, sagte Bob und kam sich im selben Moment etwas dämlich vor.
»Komme schon!«, dröhnte ihm aus dem Inneren des Hauses eine kräftige Stimme entgegen. Dann wurde die Tür aufgemacht. Die Katze sprang mit einem Satz in den Flur, an einer Frau mit kurzen, lilafarbenen Haaren vorbei. Sie trug ein

weites, schwarzes T-Shirt mit dem Aufdruck »Parken verboten«, dazu graugemusterte Leggins und eine Brille, die im Farbton ihren Haaren ähnelte. »Wurde auch Zeit, dass sich Kitty III mal wieder sehen lässt«, sagte sie statt einer Begrüßung.
»Guten Tag!« Bob lächelte freundlich. »Ist Finnley zu Hause?«
»Der ist arbeiten.«
»Schade«, sagte Bob. »Dann hat er mir wohl einen falschen Termin genannt.«
»Kommt vor.« Die Frau zuckte mit den Schultern. Sie machte Anstalten, die Tür zu schließen.
So schnell ließ sich Bob jedoch nicht abwimmeln. »Wissen Sie, ich komme von der Schülerzeitung der Rocky Beach High. Wir starten gleich nach den Ferien mit einer Ausgabe über Surfen. Da darf Finnley natürlich nicht fehlen. Auch wenn er leider auf eine andere Schule geht.«
»Habt ihr denn keine eigenen Surfer?«, fragte die Frau. Im Flur fauchte etwas. Die Frau drehte sich um. »He, Kitty II, lass das Ohr dran! Kitty VI, mach einen Abgang! Husch!«
Bob fragte sich, wie viele Katzen insgesamt im Haus lebten, wenn die Nummerierung offenbar schon bis zur Nummer sechs ging.
»Finnley ist ein Ausnahmetalent«, erklärte Bob. »Aber das wissen Sie ja sicherlich. Er ist ein großes Vorbild für viele Schüler.«
»Davon kann sich mein Enkel auch nichts kaufen«, gab die Frau zurück.
»Sie sind also seine Großmutter?«

Die Frau lachte heiser. »Wer denn sonst? Seine Schwester?«
»Ähm …«, machte Bob, weil ihm spontan keine geistreiche Antwort einfiel.
»Was ist, willst du hier Wurzeln schlagen?«
»Ich muss meinen Artikel schon morgen abgeben«, drängte Bob. »Die Zeitung soll ja gleich am ersten Schultag erscheinen. Ich habe bereits vorgestern mit Finnley gesprochen und auch schon ein paar Fotos gemacht, aber jetzt hätte ich noch ein paar zusätzliche Fragen.«
»Wir hatten letzte Woche einen Rohrbruch«, sagte Finnleys Großmutter vollkommen aus dem Zusammenhang gerissen.
»Das tut mir sehr leid.«
»Unschöne Sache! Immerhin konnte ich den Teppich retten. Der liegt hinten auf dem Hof und muss jetzt wieder ins Haus. Du kannst mir dabei helfen.«
»Selbstverständlich!«, sagte Bob.
»Dann komm!«
Der dritte Detektiv folgte der Frau durch einen schmalen Flur, in dem drei Katzenkörbchen standen. An den Wänden hingen Fotos. Im Vorbeigehen konnte Bob ein paar Aufnahmen von Finnley erkennen. Außerdem tauchte immer wieder ein Mädchen mit langen dunklen Haaren auf. Bevor er die Fotos näher betrachten konnte, öffnete Finnleys Großmutter eine Tür. Dahinter lag ein kleines Wohnzimmer mit einem überdimensionalen Fernseher. Auf einem Sofa lagen zwei weitere Katzen. »Eigentlich habe ich nur noch vier«, erklärte Finnleys Großmutter, während sie die Tür zum Hof öffnete. »Aber die Nachbarn kümmern sich so schlecht um ihre Viecher. Die kommen alle hierher. So, da ist er.« Sie

deutete auf einen grün-braun gemusterten Teppich, der über eine halbhohe Mauer gehängt war. Die Mauer trennte die Terrasse vom Rest des Grundstücks ab. Statt eines Gartens mit Rasen besaß die Familie Stenseth eine kleine sandige Fläche, auf der ein paar Kakteen und trockene Sträucher wuchsen. In der hinteren Ecke standen kleine Kreuze aus Metall. Bob musste ein betroffenes Gesicht gemacht haben, denn Finnleys Großmutter seufzte. »Mein Haustierfriedhof. Ist nicht gerade schön, aber wenigstens werden sie nicht vergessen. So, nun aber ran an die Arbeit!«

Bob musterte Mrs Stenseth. Die Frau erinnerte ihn in ihrer Art etwas an Tante Mathilda, die ihr strenges, aber herzliches Regiment auf dem Schrottplatz führte. Dort war es allerdings weitaus weniger trostlos. Neben dem Gerümpel, dem Staub und dem Schrott gab es eben auch bepflanzte Blumenkübel, duftenden Kirschkuchen und die gemütliche Veranda der Familie Jonas. Bei den Stenseths hingegen roch es nach Katzen und billigem Reinigungsmittel.

»Wohnen Finnleys Eltern auch hier?«, fragte Bob vorsichtig, als er sich neben den Teppich stellte.

»Der Vater so halb«, kam die Antwort. »Mein Sohn ist Lastwagenfahrer. Der wohnt meistens in seinem Truck. Deshalb sind die Kinder ja auch nach Rocky Beach gezogen. Ich habe genug Platz im Haus und neben den Katzen kommt es auf ein paar Menschen mehr oder weniger nicht an.«

»Und Finnleys Mutter?«

»Die ist zurück auf ihre Insel.« Mrs Stenseth packte den Teppich an. »Wir müssen den erst rollen, sonst bekommen wir ihn nicht durch die Tür.«

»Welche Insel denn?« Bob nahm ein Ende des Teppichs und klappte ihn um. Er war voller Katzenhaare. »Hawaii?«
»Wie kommst du denn darauf? Weil meine Enkel surfen können?«, fragte Finnleys Großmutter. »Oder weil sie beide so schöne braune Augen haben?«
Der dritte Detektiv rollte den Teppich weiter zusammen. »Surfen ist das richtige Stichwort.«
»Da hast du leider falsch gedacht. Die Ex meines Sohnes kommt aus England. Und da ist sie auch wieder hin. Surfen konnte sie aber. Das haben die Kinder tatsächlich von ihr.«
»Dann ist Finnley nicht der einzige Surfer in der Familie?«
»Farryn ist genauso schlimm.« Mrs Stenseth lachte heiser. »Oder besser: war. Aber neben der Arbeit hat sie eh kaum noch Zeit. Bis zum Nachmittag sitzt sie im *Paradiso* Supermarkt an der Kasse, dann fängt ihre Schicht im *Bud's Reformkost* an. Da ist sie Kellnerin.«
Farryn war also tatsächlich die Schwester von Finnley! Bob hatte das Gefühl, einen großen Schritt weiter zu sein. Er half Mrs Stenseth, den Teppich ins Haus zu tragen und dort wieder auszurollen. Dabei erfuhr er noch, dass Finnley nach dem Umzug nach Rocky Beach auf seiner alten Schule geblieben war, da die Green Canyon High einen ausgezeichneten Ruf besaß. Wenn er nicht gerade jobbte oder surfte, arbeitete er hart für ein College-Stipendium. »So kommt er entweder als Profi-Surfer unter Vertrag oder er studiert. Auf jeden Fall wird etwas aus dem Jungen!«, stellte Mrs Stenseth zufrieden fest. »Schreib das in deinen Artikel!«
»Das werde ich!« Bob verabschiedete sich und schlug den Weg zur Haltestelle ein. Nach ein paar Schritten blieb er

stehen. Der *Paradiso* Supermarkt lag nur zwei Straßen entfernt. Es konnte nicht schaden, mit Farryn zu reden. Immerhin tauchte ihr Name bei Matts Notizen auf. Bob wollte gerade den Weg zu dem Laden einschlagen, als ein dunkler Schatten auf ihn fiel. Jemand hatte sich schräg hinter ihm aufgebaut.

»Du bist einer von diesen Schnüfflern!«

Bob sah erschrocken zur Seite. Er erkannte den jungen Mann sofort. Es war der Fahrer des Lieferwagens von *Liquid Teal.* Jetzt, aus der Nähe, konnte er ihn auch endlich zuordnen. Bis vor ein paar Monaten hatte er noch lange Haare gehabt. Daher war Bob nicht sofort darauf gekommen, wen er vor sich hatte. Der Typ hatte hin und wieder mit Skinny Norris zusammengearbeitet. Skinny war gewissermaßen der Erzfeind der drei ???. Er ließ sich immer wieder auf zwielichtige Geschäfte ein und scheute nicht davor zurück, für seine Zwecke das Gesetz zu brechen. Die Leute, mit denen er sich umgab, hatten alle nicht den besten Ruf.

»Du bist ein Kumpel von Skinny Norris«, stellte Bob fest.

»Skinny und ich kommen ab und zu ins Geschäft«, sagte der junge Mann. »Aber das geht dich nichts an, verstanden?«

»Was willst du von mir?«, fragte Bob.

»Wir wollen, dass du dich aus der Angelegenheit raushältst!«

Der Mann drehte sich um. Jetzt erst entdeckte Bob zwei weitere Typen, die sich an ein tiefer gelegtes Auto lehnten. »Meine Jungs und ich mögen es nicht, wenn man uns nachspioniert!«

»Nachspioniert?«, fragte Bob. Er gab sich Mühe, seiner Stimme einen ruhigen Klang zu verleihen. Innerlich war er alles andere als ruhig. Die Typen sahen aus, als würden sie nur darauf warten, zuzuschlagen.

»Du hast mich bei *Liquid Teal* beobachtet.«

»Ich habe mich dort beraten lassen«, verteidigte sich Bob. »Wegen eines Surfbretts. Das kann der Verkäufer dir gern bestätigen.«

»Du hast mit dem Chef gesprochen. Und du hast mich ausspioniert, während ich mit Stenseth geredet habe«, knurrte der Mann. »Und jetzt tauchst du urplötzlich bei uns in der Straße auf? Das ist doch kein Zufall!«

»Ich hatte Finnley versprochen, seiner Großmutter etwas zu bringen«, log Bob. »Und jetzt muss ich los.«

Der junge Mann packte ihn unsanft an der Schulter. »Dreiste Lügen!«

Der dritte Detektiv machte einen Schritt zurück, dann noch einen. Doch der Mann ließ nicht locker. »Wenn du dich hier oder beim Surfshop wieder blicken lässt, geht es dir schlecht. Und deinen Freunden auch. Haben wir uns verstanden?«

Die anderen beiden Männer kamen langsam näher. Bob nickte. Doch das war anscheinend nicht genug.

»Haben wir uns verstanden?«, wiederholte der Mann nun deutlich lauter.

»Ja!«, sagte Bob mit Nachdruck.

»Sehr schön!« Ein dünnes Lächeln umspielte die Mundwinkel des Mannes. »Dann muss ich jetzt nur noch dafür sorgen, dass du dein Versprechen auch nicht vergisst!«

Eine harte Strafe

Bob schmeckte Blut. Sein Kopf brummte. Vorsichtig betastete er mit der rechten Hand sein Gesicht. Die Nase war zum Glück nicht gebrochen. Trotzdem tat es höllisch weh.

»Nächstes Mal nehme ich weniger Rücksicht!«, versicherte der Typ.

»Dylan!«, rief einer der anderen Männer. »Da kommt jemand!« Er deutete auf den Gehweg hinter Bob.

»Ich muss los. Die Arbeit ruft!« Der braunhaarige Typ namens Dylan stieg in den tiefer gelegten Wagen. Seine Kumpel ebenfalls. Der Motor wurde angelassen, dann fuhren sie ab.

»Alles in Ordnung?«, fragte eine männliche Stimme.

»Ja, danke«, brummte Bob benommen. Das Adrenalin in seinem Blut baute sich erst langsam ab. Als er den Mann sah, der nun neben ihm stand, schoss ein neuer Schub durch seinen Körper.

»Hier, ein Taschentuch«, sagte der Mann freundlich. Unter einer Lederjacke trug er ein auberginefarbenes Hemd. Dazu schwarze Hosen und blaue Cowboystiefel. Ganz im Gegensatz zu seinen Augenbrauen waren seine Haare ungewöhnlich hell. Bob tippte auf den radikalen Einsatz von Blondiermittel. Das war der Mann, der Finnley am Strand beobachtet hatte, den Peter später beim Memorial Hospital auf dem Parkplatz gesehen und den er selbst dabei beobachtet hatte, wie er Matts VW-Bus durchsuchte. Wer auch immer er war, er sorgte bei Bob für Unbehagen. Etwas an dem Mann wirkte beunruhigend.

Er streckte Bob noch immer das Taschentuch hin. »Wer waren diese Typen?«
»Danke.« Bob nahm das Tuch entgegen. »Ich habe denen noch ein paar Dollar geschuldet. Die Sache ist jetzt geklärt.«
»Du solltest die Nase kühlen«, empfahl der Blonde.
»Werde ich machen.«
Der Mann musterte Bob noch einmal kurz von oben bis unten, nickte ihm zu und steuerte dann das Tor zu Nummer 189 an. Bob schlenderte langsam weiter und drehte sich nach ein paar Metern vorsichtig um. Der blonde Mann drehte ihm den Rücken zu. Bob duckte sich hinter eine niedrige Mauer. Von dort aus konnte er beobachten, wie der Mann bei Finnley klingelte. Die Tür ging auf und Mrs Stenseth erschien. Sie wechselte ein paar Worte mit dem Blonden, ließ ihn jedoch nicht ins Haus. Er schrieb etwas auf einen Zettel und reichte ihn der Frau. Nach drei oder vier Minuten kam er wieder zurück. Bob sah zu, dass er Land gewann. Zügig ging er zur Bushaltestelle auf der anderen Straßenseite, wo er angestrengt den Aushang studierte. Erst, als der Blonde mit seinem schwarzen Cadillac weggefahren war, griff er nach seinem Handy.

»Du spionierst mir nach.« Finnley Stenseth baute sich vor Peter auf. Der saß auf einer Bank in der Nähe des Hafenbeckens.
»Und wenn es so ist?«
»Dann werde ich dich einfach ignorieren«, gab Finnley zurück. »Viel Spaß beim Herumsitzen. Ich muss noch eine ganze Weile arbeiten.«

»Und danach gehst du surfen?«
»Richtig geraten«, sagte Finnley. »Der Kandidat hat hundert Punkte.«
»Dann komme ich mit!«
»Du bist eine nervige Klette, Shaw.«
»Wir haben eine Abmachung«, erwiderte Peter. »Ich zeige dir einen perfekten Hang Ten und du erzählst mir, was es mit dem 17. August auf sich hat.«
»Du hast da etwas falsch verstanden. Das war keine Abmachung, Shaw.«
»Für mich schon!«, sagte Peter. In diesem Augenblick klingelte sein Handy.
Finnley drehte sich wortlos um und verschwand wieder im Laden. Peter zückte das Telefon und sah auf das Display. Es war Bob. »Alles klar?«
»Nein«, kam die Antwort. »Ich bin in der Las Tunas Street und habe hier gleich drei Begegnungen der dritten Art gehabt.«
»Du bist ja auch der dritte Detektiv!«
»Haha!«, machte Bob. »Mir ist gerade so gar nicht nach Lachen zumute. Der Typ, der vorhin am Lieferwagen mit Finnley geredet hat, ist ein übler Schläger! Er will nicht, dass wir weiterermitteln. Ich durfte Bekanntschaft mit seiner Faust machen.«
»Aua!«, entfuhr es Peter. »Wie geht es dir?«
»Mittelprächtig«, gestand Bob. »Meine Nase scheint nicht gebrochen zu sein und sie hat aufgehört zu bluten. Aber mein Kopf dröhnt noch.«
»Weiß Justus schon Bescheid?«

»Ich wollte ihn lieber nicht anrufen«, meinte Bob. »Schließlich ist er undercover unterwegs. Nicht, dass ich ihn in einem ungünstigen Moment erwische. Ich schreibe ihm gleich eine SMS. Aber erst mal zurück zu dem, was ich dir eigentlich erzählen wollte.«
»Stimmt, du hast ja von drei Begegnungen der dritten Art gesprochen.«
»Ja. Bei Oma Stenseth war es noch ganz nett, sie hat nur ein bisschen viele Katzen. Und dann war eben ein hellblonder Mann hier. In Lederjacke und Cowboystiefeln.«
»Finnleys Verfolger!«, rief Peter.
»Er hat auch bei dem Haus der Familie Stenseth geklingelt!«
»Dann sollte ich Finnley besser warnen.«
»Das machen wir zusammen«, sagte Bob. »Ich komme zum Hafen.«

»Es reicht mir jetzt wirklich!« Inspektor Cotta führte Justus zu seinem Wagen.
»Ich musste mit Matthew Kooning sprechen!«, erklärte der Erste Detektiv mit Nachdruck. »Die Krankenschwester wollte mich nicht durchlassen!«
Inspektor Cotta öffnete schwungvoll die Autotür. »Und da dachtest du dir, du bastelst mal eben einen falschen Ausweis und schleichst dich ins Zimmer?«
»Wir sind mitten in einem Fall!«
»Das war ich auch!«, polterte der Inspektor. »Aber dann hat das Krankenhaus angerufen und mir mitgeteilt, dass ich dort einen Justus Jonas einsammeln soll.«
»Es tut mir leid, ehrlich!«, gab Justus zerknirscht zu. Die Sa-

che im Krankenhaus war alles andere als gut gelaufen. Wenigstens hatte Matthews Mutter keinen Wind davon bekommen. Außerdem hatte der Erste Detektiv die Krankenschwester überreden können, bei der Polizei direkt nach Inspektor Cotta zu fragen.

»Du kommst jetzt mit aufs Präsidium!«

»Aber ich muss zum Schrottplatz!«, entgegnete Justus. »Es geht um eine wichtige Angelegenheit.«

Der Inspektor deutete ins Innere des Wagens. »Rein da!«

»Wollen Sie mich etwa festnehmen?«

»Keine Sorge«, gab Inspektor Cotta zurück. »Ich denke, wir kommen mit Sozialstunden davon.«

»Wie meinen Sie das?«, fragte Justus, während er auf den Rücksitz kletterte. »Ohne richterlichen Beschluss?«

Inspektor Cotta ignorierte die Frage, stieg in den Wagen und steckte den Zündschlüssel ins Schloss. »Wie ich sehe, bist du heute als Putzkraft unterwegs. Das passt gut. Die Toiletten auf der Wache sehen heute wieder aus, als wären sie noch nie geputzt worden.«

»Mr Blond weiß, wo du wohnst!«, sagte Peter zu Finnley.

Der brummte nur: »Aha.«

»An deiner Stelle würde ich mir echt Sorgen machen!« Peter wurde langsam ungeduldig. »Ein merkwürdiger Mann verfolgt dich und vor deiner Tür lungern Schläger herum.«

»Vielleicht solltet lieber ihr euch Sorgen machen«, gab Finnley zu bedenken. »Immerhin wurde dein Freund angegriffen.«

»Und was ist mit deinem Kinn?«, ereiferte sich Peter. »Das sieht schlimm aus!«

»Ein kleiner Ausrutscher beim Surfen«, erklärte Finnley. »Und ich muss euch jetzt bitten, zu gehen. Ich arbeite hier!«
»Der bringt mich echt auf die Palme!«, sagte Peter, als er kurz darauf mit Bob vor dem Laden stand.
»Die Nachricht hat ihn aber nicht kalt gelassen.« Bob spähte durch das Schaufenster. »Ich habe eine Spur von Angst hinter seinem Pokerface gesehen.«
»Dann durchschaust du ihn besser als ich.«
»Finnley greift zum Telefon!«, bemerkte Bob. »Ich wette, er ruft jetzt seine Oma an.«
»Irgendetwas ist hier doch mächtig faul.« Peter ging nervös auf und ab. »Warum will Finnley nicht mit uns reden?«
Bob spähte vorsichtig weiter durchs Schaufenster. »Ich glaube, er notiert sich etwas.«
»Vermutlich eine Anleitung, wie er mich am besten in den Wahnsinn treiben kann!« Peter schnaubte.
»Oder die Nachricht von Mr Blond!«, überlegte Bob. »Der hat Mrs Stenseth einen Zettel gegeben. Viel hat er nicht aufgeschrieben. Höchstens zwei oder drei Worte – oder eine Telefonnummer.«
»Ich habe Hunger!« Peter sah hinüber zu dem kleinen Hafencafé. »Mit leerem Magen kann ich nicht denken.«
»Der Spruch stammt von Justus.«
»Dann hat unser Erster eben wieder einmal recht.« Peter fuhr sich energisch durch die Haare. »Hältst du kurz die Stellung?«

Zitronenfrische und Hang Five

Justus Jonas wusch sich zum dritten Mal hintereinander die Hände. Er hatte Handschuhe getragen. Trotzdem war ihm, als würde der ganze Schmutz und Dreck an ihm haften. Er sehnte sich nach einer Dusche und nach einem frischen Hemd.

»Fertig?« Inspektor Cotta betrat den gekachelten Raum und sah sich um. »Eine großartige Leistung! Zitronenfrische bis unter den Rand. Wir sollten in Zukunft häufiger mal Jungdetektive ans Werk lassen!«

»Ich denke nicht, dass das ohne richterlichen Beschluss legal ist!«, sagte Justus.

»Du willst mir mit dem Gesetz kommen?« Inspektor Cotta lachte trocken auf. »Darf ich dich daran erinnern, weswegen du hier bist?«

»Ich würde jetzt gerne gehen.« Justus trocknete sich die Hände an einem Papiertuch ab. »Der Fall wartet.«

»Darf ich fragen, worum es geht?«

Justus zögerte kurz. »Es geht um einen Surfer. Und um einen Jungen, der ihn hier in Rocky Beach gesucht hat.«

»Dann solltet ihr den Surfer besser bis morgen Mittag finden und an Land holen«, empfahl Inspektor Cotta. »Der Seewetterdienst rechnet mit einem hübschen Sturm und gewaltigem Wellengang!«

Peter klopfte mal wieder ungeduldig mit den Fingern gegen sein Surfbrett. Bob hatte dankenswerterweise ein weiteres

Mal vor dem Laden Wache gehalten, damit der Zweite Detektiv sein Surfbrett von zu Hause holen konnte. Danach war Bob losgefahren, um sich mit Justus auf dem Schrottplatz zu treffen. Später würde einer von ihnen Peter wieder ablösen.

»Du bist ja immer noch da.« Finnley kam aus dem Laden, seinen Rucksack lose über die Schulter geworfen und ein Surfbrett unter dem Arm.

»Wir haben ja auch immer noch eine Abmachung.« Peter zeigte auf sein Board. »Hang Five und Hang Ten. Dann reden wir.«

Vom Hafen aus war der Weg zum Strand nicht weit, aber Peter kam er heute sehr lang vor. Finnley schwieg beharrlich, auch, als sie sich in dem Häuschen mit den Duschen umzogen. Für einen Neoprenanzug war es zu warm. Peter hatte sich für Badehosen und ein Surf-Shirt entschieden, Finnley ebenfalls. Sie schlossen ihre Sachen in den Schließfächern hinter dem Haus ein und gingen nebeneinander zum Wasser. Überraschenderweise war es Finnley, der das Schweigen brach. »Für jeden Hang, den du einwandfrei fährst, beantworte ich dir eine Frage.«

»Abgemacht!« Peters sportlicher Ehrgeiz war geweckt. Das war mal eine Art der Befragung, bei der es auf die Surf-Technik ankam. Er paddelte hinaus aufs Wasser. Finnley war direkt neben ihm. Von dem großen Sturm, der sich angeblich ankündigte, war nichts zu spüren. Möwen segelten über den wolkenlosen Himmel, Sonnenanbeter lagen am Strand, und im Wasser war ganz schön was los. Es dauerte eine Weile, bis Peter an der Reihe war. Die Welle baute sich auf, rollte an und er sprang aufs Brett. Das war der leichte Teil. Jetzt musste er über sein Surfbrett bis zur Spitze laufen und alle fünf Zehen eines Fußes vorne über die Kante hängen. Dabei musste er den richtigen Moment abwarten. Peter atmete tief ein. Bloß nicht wackeln! Nicht kippen! Nicht fallen! Die Balance halten! Ein Schritt … zwei Schritte … drei Schritte. Den Fuß vor. Die Zehen ausstrecken. Peter jubelte innerlich auf. Das Surfbrett wurde von der Welle angehoben und senkte sich wieder. Peter wackelte zwar, aber er hielt sich. Weißes Wasser schäumte auf. Dann sprang der Zweite Detektiv ab. »Geschafft!«, sagte er stolz, als er wieder neben Finnley paddelte.

»Wer hätte das gedacht.« Finnleys Gesichtsausdruck war unergründlich.

»Also«, begann Peter. »Wo warst du am 17. August letzten Jahres gegen 21.00 Uhr?«

»Brauche ich etwa ein Alibi?«

»Beantworte einfach meine Frage!«

»Ich war auf dem Weg nach Hause«, antwortete Finnley. Einen Moment lang sah es so aus, als wäre das alles, doch dann redete er weiter. »Ich war an dem Tag surfen. Ich erinnere mich noch daran, dass die Dünung große Klasse war. Leider hatte ich versprochen, spätestens um halb zehn zurück zu sein.«

»Dein Heimweg führt doch am Coast View Drive vorbei, nicht wahr?«, hakte Peter nach.

»Das ist eine neue Frage«, sagte Finnley.

Peter winkte ab. »Ich brauche gar nicht nachzufragen. Wenn man vom Strand aus zu deinem Haus will, muss man ein

Stück den Coast View Drive entlangfahren. Alles andere wäre ein Umweg.«
»Ich habe nichts gegen Umwege«, meinte Finnley.
»Gehen wir trotzdem mal davon aus, dass du am 17. August gegen 21.00 Uhr dort warst«, sagte Peter. »Was ist dort geschehen? Hast du etwas gesehen? Warst du mit jemandem verabredet?«
»Ho! Immer langsam!« Finnley grinste. »Das sind gleich drei Fragen auf einmal.«
»In Ordnung«, gab Peter klein bei. »Ich habe schon verstanden. Ein Hang Ten und ich bin wieder dran.«
»Du musst dein Verhör geschickter anstellen«, erklärte Finnley amüsiert. »Sodass du mit einer Frage möglichst weit kommst.«
Peter paddelte los. Er würde es Finnley schon zeigen!

Bud's Reformkost war eine Vollwertkneipe im Einkaufszentrum von Rocky Beach. Gemütlich war das Restaurant nicht, aber es bot eine ungewöhnliche Mischung aus gesunden und exotischen Speisen. Wenn man Quinoa-Burger oder Saitan-Bratwurst essen wollte, war man hier an der richtigen Adresse.
»Ich glaube, ich nehme einen Shake aus Mandelmilch und Bananen«, überlegte Justus nach einem ersten Blick in die Karte. »Beim Essen bin ich mir noch nicht so sicher.«
»Buchweizenpfannkuchen«, empfahl Bob, der ihm gegenüber Platz genommen hatte. Er blickte auf den Fernsehbildschirm, der schräg über seinem Freund angebracht war. Dort lief eine Cartoon-Serie.

»Ich brauche etwas Stärkeres!«, brummte Justus. »Nach den Ereignissen des heutigen Tages wäre eigentlich ein doppelter Chickenburger mit extra Käse notwendig.«
Bob schüttelte den Kopf. »Bei *Bud's* ist mittlerweile alles vegan. Kein Hühnchen, kein Käse.«
»Die Welt ist gegen mich.«
»Ich habe heute auch schon ordentlich was auf die Nase bekommen«, erinnerte ihn Bob.
»Dann ist die Welt eben gegen uns.« Justus ließ die Karte sinken und sah sich um. »Die Bedienung kommt. Ist sie das?«
Bob drehte sich möglichst unauffällig um. Dann nickte er.
Ein Mädchen mit langen, dunklen Haaren drängte sich zwischen den eng stehenden Tischen zu ihnen hindurch. »Guten Tag!«
»Ebenfalls einen guten Tag!«, sagte Bob und setzte sein charmantestes Lächeln auf.
Das Mädchen erwiderte das Lächeln sofort. »Was kann ich euch bringen?«
»Ich hätte gern den Shake Nummer 23 und dazu die 7«, sagte Justus.
Bob strahlte noch immer. »Und ich hätte gern die 12 – mit süßsaurer Soße – und dazu eine Brombeerschorle.«
»Ist notiert.«
»Sag mal, bist du zufällig die Schwester von Finnley?«, fragte Bob ganz beiläufig.
»Ja! Ich bin Farryn!« Das Mädchen steckte den Block in die Tasche ihrer Schürze.
»Und ich bin Bob. Bob Andrews.«

»Hi, Bob. Du kennst also meinen kleinen Bruder?«
»Wir surfen zusammen«, log Bob.
»Du surfst also auch.«
»Klar«, meinte Bob. »Wer tut das nicht in Kalifornien?«
Sie lachte. »Ich kenne eine ganze Reihe von Leuten, die lieber an Land bleiben.«
»Zu denen gehört dein Bruder aber definitiv nicht.«
»Finnley? Der steigt nur zum Essen und Schlafen vom Surfbrett«, sagte Farryn. »Und wenn er zur Schule muss.«
»Und wenn er arbeitet«, fügte Justus hinzu. »Er jobbt bei *Liquid Teal*, nicht wahr?«
»Äh, ja, Moment«, antwortete Farryn. Dann nickte sie einer Dame zu, die drei Tische weiter auf die Bedienung wartete.
Justus sackte ein Stück in sich zusammen. Normalerweise war er für die Befragungen zuständig, aber die Kombination aus einem leeren Magen und einem äußerst hübschen Mädchen minderte seine Leistungsfähigkeit.
»Ich muss jetzt weiterarbeiten«, sagte Farryn, als keine weitere Bestellung von den Jungen folgte.
Bob entschloss sich daher zu einem direkteren Vorgehen. »Kennst du den Typen, der für *Liquid Teal* den Lieferwagen fährt? Kurze, braune Haare, etwa so groß wie dein Bruder. Müsste Anfang zwanzig sein. Hängt mit zwei weiteren Typen bei euch in der Gegend ab. Die fahren einen tiefergelegten Wagen.«
Das Mädchen sah Bob verunsichert an. »Warum willst du das wissen?«
»Wir wollen Finnley helfen«, verriet Bob vertrauensvoll. »Wirklich!«

»Wieso?«, fragte sie irritiert.
»Weil er möglicherweise in Gefahr ist.« Bob beugte sich vor. »Es wäre wirklich klasse, wenn du uns mehr über diesen Mann sagen könntest!«
Sie verzog das Gesicht. »Ich weiß nicht. Ich kenne euch nicht. Und ehrlich gesagt will ich keinen Ärger.«
»Ärger?«
Sie nickte. »Du redest von Dylan Parks. Und wenn der im Spiel ist, dann ist der Ärger nie weit!«

Kryptonit

»Wie meinst du das?«

»Wie schon gesagt: Ich will keinen Ärger. Und Finnley auch nicht.« Farryn verschränkte die Arme, als wolle sie sich auf diese Weise vor weiteren Fragen schützen.

»Den Ärger hat er vermutlich schon längst«, mischte sich Justus ein. »Wir haben wirklich den begründeten Verdacht, dass dein Bruder in Gefahr ist.«

Farryn sah sich nervös um. »Ich muss arbeiten. Wenn ich herumstehe und mich unterhalte, feuert mich mein Boss. Wir reden, wenn ich euch die Getränke bringe.« Mit diesen Worten drehte sie sich um und zwängte sich zwischen den Tischen hindurch zu der Dame. Es dauerte eine ganze Weile, bis sie wieder auftauchte und die Getränke brachte. Justus beobachtete sie dabei, so als wolle er sich ihre Bewegungen genau einprägen.

»Brombeerschorle und Mandelshake.« Farryn stellte die Gläser vor den Jungen auf den Tisch. Dann fügte sie leise hinzu: »Dylan Parks schlägt zu, bevor er Fragen stellt. Man sollte also vorsichtig sein, wenn man sich mit ihm abgibt.«

»Die Erfahrung habe ich bereits gemacht«, gestand Bob.

»Oje«, sagte Farryn mitfühlend.

»Was kannst du uns noch über ihn sagen?«

»Er arbeitet zusammen mit zwei Leuten aus seiner Gang bei *Liquid Teal*«, berichtete Farryn mit gesenkter Stimme. »Allerdings nicht im Laden, sondern im Werk – das liegt nicht in Rocky Beach, sondern in dem kleinen Industriegebiet unten bei Reina del Mar. Soweit ich weiß, lackieren sie die Boards. Dylan ist außerdem ein ziemlich guter Surfer. Er testet die neuen Surfbretter für die Firma. Damit gibt er gerne an. Er behauptet, dass er bald als Profi für *Liquid Teal* fahren darf. Die wollen ihn angeblich groß aufbauen. Dann wird aus dem Traum vom endlosen Sommer Wirklichkeit.«

»Weil er dann hauptberuflich surfen darf?«, fragte Justus.

»Genau«, antwortete Farryn. Ihre Stimme klang plötzlich belegt. »Wenn hier die Temperaturen sinken, geht es auf Firmenkosten ab nach Hawaii zu den großen Wettbewerben.« Sie blinzelte. »Bin gleich wieder mit dem Essen da, okay?«

»Sie wirkte eben ziemlich mitgenommen«, fand Bob, als Farryn außer Hörweite war.

Justus nickte langsam. »Interessant.«

»Was denn?«

»Alles.« Justus nahm einen Schluck von seinem Shake.

Bob wartete auf eine Erklärung, aber sein Freund schwieg nachdenklich. Solange der Erste Detektiv sich nicht sicher war, würde er seine Gedanken garantiert für sich behalten.

Die Welle war gut. Peter lief wieder über das Surfbrett. Um ein Haar wäre er zur Seite gekippt, aber im letzten Moment glich er die Bewegung aus. Noch ein Schritt, dann stand er mit beiden Füßen auf der Spitze – alle zehn Zehen über das Board gestreckt. »Hang Ten!«, brüllte er Finnley zu. Er hielt die Position für ein paar Sekunden, dann verlor er doch noch das Gleichgewicht und stürzte kopfüber in das schäumende, weiße Wasser. Sein Brett machte einen Hüpfer.

»Na, das lasse ich gerade mal so durchgehen«, entschied Finnley großzügig. »Perfekt geht anders, aber für einen Anfänger war das nicht schlecht, Superboy.«

»Ich bin kein Anfänger!« Peter spuckte Salzwasser aus. Dann besann er sich. Jetzt kam es darauf an, eine Frage zu stellen, bei der Finnley nicht ausweichen konnte. »Hast du am 17. August am Coast View Drive etwas gesehen oder erlebt, das mit einem Dr. Kooning zu tun hat?«

Finnley sah Peter direkt in die Augen und sagte nichts. Er hatte mittlerweile herausgefunden, dass er den Zweiten Detektiv damit verunsichern konnte.

»Also, was ist?«, hakte Peter nach.

»Ja«, sagte Finnley.

»Ja, was?«

»Ja, ich habe am 17. August am Coast View Drive etwas gesehen oder erlebt, das mit einem Dr. Kooning zu tun hat.«

»Das ist jetzt nicht besonders hilfreich!«, sagte Peter unzufrieden.

»Ist nicht meine Schuld«, gab Finnley knapp zurück.

»Welche Rolle spielst du in der ganzen Sache?«, wagte sich Peter vor.

»Fahr noch ein Manöver und ich sage es dir.«

»Kommt nicht infrage!« Peter schlug ärgerlich aufs Wasser.

»Dann gibt es auch keine Antwort«, sagte Finnley amüsiert.

»Das ist Erpressung!«

Finnley warf dem Zweiten Detektiv einen unergründlichen Blick zu. »Ist das so?«

»Dann behalte die Antwort eben für dich«, sagte Peter gereizt.

»Kryptonit«, rief Finnley, bevor er anfing zu paddeln.
»Was?«
»Meine Rolle in der ganzen Sache. Ich bin Kryptonit!« Kurz darauf stand er auf seinem Surfbrett. Peter sah ihm hinterher. Jetzt war er nicht wirklich schlauer als zuvor.
Aber wenigstens hatte er etwas zu berichten, als Justus und Bob eine Stunde später am Strand auftauchten.
»Kryptonit ist ein fiktives Element, das den Comic-Helden Superman schwächt«, erklärte Justus, nachdem Peter seinen äußerst kurzen Bericht beendet hatte.
»Danke, das weiß ich schon«, meinte Peter. »Zufällig bin ich bei uns im Team der Comic-Leser! Wahrscheinlich will Finnley damit sagen, dass er böse ist.«
»Wohl eher, dass wir bei ihm nicht weiterkommen«, meinte Bob. »Abgesehen davon scheint er eine Schwäche für kryptische Antworten zu haben. Da passt das doch sehr gut ins Bild.«
»Versehen wir diesen Punkt zunächst mit einem Fragezeichen. Dafür können wir nun fest davon ausgehen, dass Dr. Kooning zur fraglichen Zeit in der Gegend war«, wechselte Justus das Thema. »Aber noch haben wir dafür keine konkreten Beweise. Wenn wir herausfinden, was er am 17. August gemacht hat, sind wir einen wesentlichen Schritt weiter.«
Peter blickte aufs Meer. »Mein Verhör ist so gut wie gescheitert. Finnley weiß was, aber man bekommt einfach nichts aus ihm heraus.«
»Nicht mal für einen Hang Twenty?« Bob grinste.
Peter machte eine wegwerfende Handbewegung. »Das ist

kein echtes Manöver, sondern die Bezeichnung für surfende Hunde.«
»Wassersport für Haustiere steht hier nicht zur Diskussion«, sagte Justus streng. »Ich würde vorschlagen, wir teilen uns wieder auf, Kollegen. Ich werde zu *Liquid Teal* fahren und mit Mr Tealson reden, Bob übernimmt die Recherche rund um Dr. Kooning und den 17. August, und Peter hält hier am Strand die Stellung.«
Da es keine nennenswerten Gegenstimmen gab, wurde der Vorschlag von Justus in die Tat umgesetzt.

Bob wäre gern für seine Recherchen zur Los Angeles Post gefahren. Sein Vater arbeitete bei dieser großen Zeitung. In dem Hochhaus, das mitten in L.A. lag, gab es neben den verschiedenen Redaktionen auch ein großartiges Archiv. Doch bei dem Verkehr in der Großstadt würde er eine halbe Ewigkeit unterwegs sein. Auf einen Abend im Stau hatte Bob keine Lust. Er würde daher mit seiner Suche zunächst im Internet starten. Tatsächlich fand der dritte Detektiv schon wenig später mehrere Artikel, in denen Matts Vater namentlich genannt wurde. Der 17. August tauchte dabei zwar nicht auf, aber einen Tag zuvor war er als Gast bei einer Wohltätigkeitsgala in Los Angeles gewesen – genauer gesagt im Stadtteil Beverly Hills. Damit hatte Bob etwas Konkretes, wonach er suchen konnte. Im Netz gab es zahlreiche Fotos von dem Event: Bilder von dem riesigen Pool, an dem das Buffet aufgestellt war, übertrieben lächelnde Gäste in Cocktailkleidern und Smokings und eine aufwendig beleuchtete Bühne. Die Gastgeber hatten einen Feuerschlucker

engagiert, außerdem hatte eine Band gespielt. Bei einem Bild der Band stutzte Bob. Das war eine Gruppe, die von der Musikagentur *Rock Plus* betreut wurde! Bob besserte dort regelmäßig als Hilfskraft sein Taschengeld auf. Die Agentur bot ihm dabei die Gelegenheit, kostenlos auf Konzerte zu gehen und vielversprechende Musiker kennenzulernen. Die Band auf den Fotos hieß *Coconut Diamonds*. Die Frontfrau, Stacey Warren, war auf dem Bild eindeutig zu erkennen. Bob ging weitere Bilder durch. Später am Abend hatte ein bekannter DJ übernommen. Jetzt war die Tanzfläche komplett gefüllt. Doch Bob achtete viel mehr auf das, was man am Rand sehen konnte. Er zoomte in ein Bild hinein. Die Gesichter waren etwas verschwommen, aber im Zusammenspiel mit der Kleidung blieb trotzdem kein Zweifel: Dr. Kooning stand am Buffet und unterhielt sich mit Stacey. Und auf einem weiteren Bild tauchten sie wieder gemeinsam im Hintergrund auf – dieses Mal mit Sektgläsern in der Hand.
»Bingo!«, entfuhr es Bob. Er kannte Stacey nicht persönlich, aber Sax Sandler, der Chef von *Rock Plus*, würde Bob vielleicht ihre Telefonnummer geben. Sax hielt große Stücke auf Bob und auch auf die Arbeit der drei ???.
Tatsächlich war der Agenturchef mit den Informationen über Stacey freigiebig. Er rückte nicht nur ihre Telefonnummer heraus, sondern auch noch ihre Adresse.
»Grüß sie schön von mir!«, sagte er am Telefon. »Sie soll sich mal wieder im Büro blicken lassen. Ich will mit den *Coconuts* über ein paar Gigs im Herbst sprechen.«
»Das mache ich. Danke!«, sagte Bob gut gelaunt.

Coconuts und Strandräuber

Die Adresse, die Bob sich notiert hatte, lag nur ein paar Kilometer nordwestlich von Rocky Beach. Mit dem Auto konnte er in einer guten Viertelstunde dort sein. Der dritte Detektiv überlegte nicht lange. Stacey Warren hatte sich am 16. August entweder mehrfach oder sehr lange mit Dr. Kooning unterhalten. Dabei hatten sie sehr vertraut gewirkt. Vielleicht hatten sie nur über das Wetter gesprochen oder über die Musik der Band. Aber möglicherweise konnte Stacey sich auch an etwas erinnern, das für den Fall wichtig war. Einen Versuch war es wert.
Bob steuerte den Käfer auf die Küstenstraße in Richtung Malibu. Die Färbung des Himmels über dem Meer reichte von einem warmen Gelb am Horizont über Türkis bis hin zu sämtlichen Blautönen. Die Sonne stand schon tief und hinterließ eine goldene Straße auf dem Wasser. Rechter Hand erstreckten sich Hügel mit trockenem Buschwerk. Zwischen Felsen und Palmen tauchten immer wieder weiße Terrassenhäuser auf. Keine zehn Minuten später bog Bob von der Küstenstraße ab. Ein kurvenreicher Weg führte die Hügel hinauf bis zu einer kleinen Siedlung. Stacey Warren wohnte in einem großen, graubraunen Holzhaus. Das Gebäude war von der Seeluft verwittert und bestand aus mehreren Ebenen. An einem Fahnenmast war der Jolly Roger gehisst – die Piratenflagge. Auf der Veranda standen Bänke und Tische, die aus Treibholz gezimmert waren, und neben der Eingangstür hingen alte Bootslampen. Als Kind hatte sich Bob

so die Behausungen von Schmugglern oder Strandräubern vorgestellt. Statt einer Klingel gab es nur einen Glockenzug. Der dritte Detektiv wartete und sah sich unterdessen weiter um. Alles war ziemlich verfallen: morsches Holz, rostige Schrauben und ausgeblichenes Strandgut. Trotzdem gefiel es Bob auch hier deutlich besser als bei den Stenseths in der Las Tunas Street.

»Hi!« Eine junge Frau mit dunkler Haut und wilden, schwarzen Locken öffnete ihm.

»Hallo!«, sagte Bob. »Ist Stacey da? Ich bin Bob Andrews von der Musikagentur *Rock Plus*. Wir vermitteln hin und wieder die *Coconut Diamonds*.«

»Du hast Glück! Sie macht sich gerade für einen Gig fertig. Warte mal kurz.« Sie drehte sich um und rief: »Stacey! Du hast Besuch!« Es kam keine Antwort.

»Die ist noch oben.« Ein Mann mit langen Haaren trat ebenfalls in die Tür. »Ich hole sie. Madame blockiert eh schon viel zu lange das Bad.«

Als er in den Tiefen des Hauses verschwunden war, führte die junge Frau Bob in eine große Küche, die auch als Filmkulisse für Pippi Langstrumpfs Villa Kunterbunt getaugt hätte. Alles war farbenfroh und unordentlich. »Stacey tritt heute bei dem großen Strandfest in Malibu auf. Allerdings nicht mit den *Coconut*s, sondern mit *Jellyfish*. Mit einer Band allein kann man sich ja leider nicht über Wasser halten.«

»Sind Sie auch Musikerin?«, fragte Bob.

»Ich spiele Bass bei *Remote Control*. Und sag bitte Du zu mir! Ich heiße Liv.« Sie ging an den Kühlschrank und holte eine Flasche heraus. »Mate-Tee?«

»Nein danke«, lehnte Bob höflich ab. »Wohnt ihr alle hier?«
»Ja, wir haben eine 5er-WG«, meinte Liv. »Alles Musiker. Zusammengerechnet spielen wir in acht verschiedenen Bands.«
»Da bin ich schon!« Stacey Warren betrat die Küche. Sie trug ein kurzes Sommerkleid und Flip-Flops. Ihre langen, blonden Haare fielen offen bis zur Taille. »Wer fragt nach mir?«
»Bob Andrews, von der Agentur *Rock Plus*«, stellte sich Bob vor. »Ich habe die Adresse von Sax Sandler bekommen.«
»Ah, du bist der Schüler, der für ihn jobbt!«, sagte Stacey. »Du hast doch auch die *Hoops* betreut, oder?«
»Richtig.« Bob griff in die Hosentasche und förderte die Karte der drei ??? zutage. »Ich arbeite allerdings nicht nur in der Musikbranche. Meine Freunde und ich betreiben drüben in Rocky Beach eine kleine Detektei.«
»Bin ich jetzt etwa die Hauptverdächtige in einem Banküberfall?« Stacey runzelte die Stirn.
»Keine Sorge«, versicherte Bob. »Wir brauchen von dir nur eine Auskunft. Aber die könnte sehr wichtig sein. Es geht um einen Jungen, der möglicherweise bedroht wird.«
»Klingt ja dramatisch! Wie kann ich helfen?«
»Du hattest zusammen mit den *Coconut Diamonds* einen Gig auf einer Party. Es war eine Wohltätigkeitsfeier«, erklärte Bob. »Sie fand vor etwas mehr als einem Jahr statt – genauer gesagt am 16. August. In Beverly Hills. Du hast dich dort mit einem Mann unterhalten. Einem Dr. Kooning.«
Stacey sah plötzlich angespannt aus. Dann schnappte sie sich eine Schachtel, die auf dem Küchentisch lag. »Komm mit auf die Terrasse. Ich brauche eine Zigarette.«

Bob tauschte kurz einen Blick mit Liv. Sie sah irritiert aus, sagte jedoch nichts. Dann folgte er Stacey ins Freie.
»Da gibt es nicht viel zu erzählen«, platzte die blonde Sängerin heraus. Ungeschickt zog sie eine Zigarette aus der Schachtel und hätte sie dabei fast durchgebrochen. »Wir haben gespielt, Dr. Kooning war begeistert und er hat überlegt, uns für ein Fest zu buchen. Daraus ist dann aber nichts geworden.«
»Hat Dr. Kooning dir gegenüber zufällig irgendwelche Pläne für die nächsten Tage erwähnt? Zum Beispiel Termine oder Ausflugsziele?«
»Nein!« Stacey zog an der Zigarette und paffte kleine Wölkchen in Bobs Richtung. Er unterdrückte den Impuls, mit der Hand vor seinem Gesicht herumzuwedeln und demonstrativ zu husten.
»Wie gesagt, es ging nur um den Auftritt. Wir haben an dem Abend eine super Performance hingelegt.«
»Ist dir sonst etwas an Dr. Kooning aufgefallen?«, fragte Bob.
Stacey schüttelte energisch den Kopf. »Das weiß ich doch jetzt nicht mehr! Das ist gefühlte tausend Jahre her!«
»Hat sich Dr. Kooning denn noch mal bei dir gemeldet?«
»Warum sollte er?« Sie drückte die halb gerauchte Zigarette in eine große Muschelhälfte, die als Aschenbecher auf einem Tisch stand.
»Na, wegen der *Coconut Diamonds*«, sagte Bob.
»Nein, hat er nicht. Ich muss jetzt los. Ein Gig in Malibu.«
»Habe ich schon gehört«, meinte der dritte Detektiv. »Viel Erfolg. Und lass dich mal in den nächsten Tagen in der Agentur blicken. Sax hat wohl ein paar Pläne mit euch.«

»Cool. Das mache ich!«

Langsam schlenderte Bob zurück zu seinem Käfer. Im trockenen Gras zirpten die Grillen und die Sonne tauchte die Hügel in ein warmes, rötliches Licht. Doch Bob hatte keinen Blick für die Abendstimmung. Er dachte an Staceys Reaktion auf seine Fragen. Sie war nervös gewesen und hatte eindeutig versucht, etwas vor ihm zu verbergen. Nur was?

»He, Bob!« Liv war aus dem Haus getreten und kam die Holztreppe zur Straße herunter. »Warte!«

»Was gibt es denn?«

»Ist echt ein Junge in Gefahr?«

»Vermutlich schon«, sagte Bob.

Liv atmete hörbar aus. »Sie lügt!«

Bob sah sie überrascht an. »Stacey?«

»Ja, genau.« Die junge Frau rieb die Handflächen aneinander. »Ich habe gehört, was sie dir auf der Terrasse gesagt hat. Das Fenster war offen.«

»Du hast uns belauscht.«

»Nein, nicht absichtlich«, verteidigte sich Liv. Ihr war das schlechte Gewissen förmlich ins Gesicht geschrieben. »Okay. Absichtlich. Weil es um diesen Dr. Kooning ging!«

»Was weißt du über ihn?«

»Er hat Stacey angebaggert. Der Mann hat eine Ehefrau und einen Sohn, aber das hält ihn nicht davon ab, mit anderen Frauen zu flirten. Er hat Stacey sogar zum Essen eingeladen. Am Tag nach der Party in Beverly Hills waren sie in einem Fischrestaurant irgendwo in Rocky Beach. Hummer essen.«

»Das weißt du noch so genau?«, wunderte sich Bob.

»Ich weiß es so genau, weil Stacey und ich an dem Abend

einen riesigen Streit hatten.« Liv sah betreten zu Boden. »Stacey hatte gerade mit dem Sänger von meiner Band Schluss gemacht. Das ist ein guter Freund von mir und er war echt fertig. Und dann schleppt sie diesen Arzt an! Einen verheirateten Typen, der auch noch mindestens zwanzig Jahre älter ist! Ich habe sie zur Rede gestellt und sie hat total abgeblockt.«

»Stacey war also am 17. August mit Dr. Kooning unterwegs?«

Liv fuhr sich durch das krause schwarze Haar. »Keine Ahnung, welches Datum das war. Aber am Abend davor war die Party, nach der du gefragt hast. War wohl eine ziemlich gigantische Sache und ein super Auftritt für die *Coconut Diamonds*. Ich war ehrlich gesagt schon etwas neidisch. Das hat mir Stacey dann übrigens auch noch vorgeworfen.«

»Kannst du dich noch daran erinnern, ob Stacey tagsüber oder abends mit Dr. Kooning essen war?«

»Abends. Definitiv«, antwortete Liv. »Es war schon dunkel, als der Typ sie in seinem Cabrio vorgefahren hat. Ich saß gerade mit den Jungs auf der Terrasse dort oben. Keine Ahnung, was das für eine Karre war, aber das Ding sah teuer aus. Kooning ist ausgestiegen und hat Stacey die Tür geöffnet. Kurz darauf ist er wieder abgefahren und dann gab es den Streit.«

»Danke, das hilft mir sehr!«, sagte Bob.

Liv reichte ihm eine Karte. »*Remote Control* ist eine echt gute Band. Würde mich freuen, wenn du uns Sax Sandler empfiehlst.«

Bob nahm die Karte entgegen. »Das kann ich machen.«

Als er schließlich in seinem Käfer saß, konnte er es kaum erwarten, Justus und Peter von seinem kleinen Ausflug zu berichten. Dr. Kooning war also zu der fraglichen Zeit tatsächlich in Rocky Beach gewesen. Und auch sonst passte alles zusammen! Ganz in der Nähe des Coast View Drives gab es ein kleines Fischrestaurant. Es hatte einen sehr guten Ruf, war allerdings so teuer, dass Bob und seine Freunde es noch nie von innen gesehen hatten. Anscheinend hatten Kooning und Stacey dort gegessen und waren dann am Meer entlang zurück zur nächsten Auffahrt der Küstenstraße gefahren. Blieb nur die Frage, warum diese Fahrt eine Rolle spielte. Und was Finnley und Farryn damit zu tun hatten!

Party in Malibu

Als Bob zum zweiten Mal an diesem Tag den Strand von Rocky Beach betrat, war die Sonne bereits untergegangen und ein blasser Mond stand am Himmel. Viele Surfer hatten ihre Bretter abgelegt und saßen nun in kleinen Gruppen zusammen. Außer Finnley. Der dunkelhaarige Junge saß etwas abseits von den anderen und schaute hinaus aufs Meer. Peter und Justus behielten ihn dabei unaufhörlich im Blick.
»Es gibt Neuigkeiten … und Nervennahrung!« Bob reichte seinen Freunden je einen Burger. Auf Wunsch des Zweiten Detektivs hatte er unterwegs noch einen Zwischenstopp gemacht und für alle etwas zu essen besorgt.
»Danke! Ich war echt am Verhungern!«, murmelte Peter zwischen zwei Bissen.
»Dr. Kooning war vor einem Jahr am Coast View Drive!«, platzte Bob heraus. Er wartete die Reaktion seiner Freunde gar nicht erst ab, sondern berichtete, was er von Staceys Mitbewohnerin erfahren hatte. »Es passt alles: der Tag, die Zeit und der Ort!«
Finnley drehte sich zu den drei ??? um. Sein Gesichtsausdruck war wieder einmal schwer zu deuten.
»Hat er das eben gehört?«, fragte Bob leise.
»Dann müsste er über ein außergewöhnlich gutes Gehör verfügen«, sagte Justus.
Peter schluckte den Rest seines Burgers herunter. »Der macht mich echt wahnsinnig!«
»Beschwer dich nicht, Zweiter!«, mahnte Justus. »Du darfst

bei diesen Ermittlungen schließlich den ganzen Tag auf dem Surfbrett verbringen. Zudem haben wir es dieses Mal weder mit Flüchen noch mit Geistern oder Dämonen zu tun.«

»Ich sage nie wieder etwas gegen Geister!«, behauptete Peter.

Justus grinste. Doch dann wurde er ernst. »Ich habe mit Jim Tealson von *Liquid Teal* gesprochen. Das ist einer der beiden Inhaber. Er hat bestätigt, dass Dylan Parks für ihn arbeitet und gute Chancen hat, Surfprofi bei der Firma zu werden.«

»Schön für ihn«, sagte Bob missmutig. Seine Nase tat noch immer etwas weh.

»Ich habe nicht nur nach Dylan Parks gefragt«, fügte Justus hinzu, »sondern auch nach Farryn Stenseth. Im Restaurant ist mir etwas aufgefallen, was ich dann bei Mr Tealson angesprochen habe.« Er lächelte zufrieden.

»Kannst du uns auch sagen, was?«, fragte Peter ungeduldig.

Finnley war aufgestanden und klopfte sich den Sand von der Badehose.

»Das wüsste ich auch gern«, sagte Bob.

»Morgen früh treffen wir uns in der Zentrale«, entschied Justus. »Dann bringen wir alle Fakten zusammen. Bis dahin sollten wir die weitere Arbeit sinnvoll aufteilen. Ihr übernehmt abwechselnd die Bewachung Finnleys und ich fahre zu Stacey Warren und rede noch mal mit ihr.«

»Du kennst sie doch gar nicht«, warf Bob ein. »Sollte ich das nicht lieber übernehmen?«

»Ich muss wissen, ob meine Theorie stimmt«, gab Justus zurück.

»Sie ist aber nicht gerade gesprächig und außerdem ist sie

ziemlich hübsch. Nicht, dass du am Ende kein Wort rauskriegst.«
»Lass das nur meine Sorge sein.« Justus winkte ab. »Ich werde sie mit einer gut ausgewogenen Mischung aus Fakten und Vermutungen konfrontieren und mich auf ihre Reaktion konzentrieren.«
»Dafür musst du dann aber jetzt gleich nach Malibu fahren«, sagte Bob. »Staceys Band spielt dort bei einem Strandfest.«
»Eine Beach-Party?« Justus verzog das Gesicht, als hätte er in eine Zitrone gebissen. »Nicht gerade nach meinem Geschmack. Aber da kann man nichts machen. Ich werde mich gleich mal bei den Jungs da drüben umhören.« Er deutete auf eine Gruppe von Jugendlichen, die lachend beisammensaßen. Sie besuchten alle die Rocky Beach Highschool und gingen in die gleiche Stufe wie die drei ???. »Die lassen in den Ferien doch keine Strandparty im Radius von 50 Kilometern aus. Mit etwas Glück nehmen die mich mit. Dann muss ich mir nicht schon wieder ein Auto ausleihen.«
»Aber –«, wandte Bob ein, doch der Erste Detektiv hörte schon nicht mehr zu.
»Justus macht mich auch wahnsinnig!«, sagte Peter, als sein Freund davonstapfte.
»Mich auch.« Bob seufzte. »Eine furchtbar nervige Angewohnheit, uns ständig Informationen vorzuenthalten.«
Peter kickte einen Stein zur Seite. »Er will den Fall mit einer großartigen Erklärung auflösen und uns alle überraschen. Dass wir solange im Dunkeln tappen, stört ihn nicht.«
»Finnley geht weg!«
»Ohne sich zu verabschieden!« Peter wollte hinter dem Jun-

gen herrennen, doch Bob hielt seinen Freund am Arm fest. »Ich übernehme jetzt mal. Du kannst eine Pause einlegen und mich später wieder ablösen.« Er klopfte dem Zweiten Detektiv auf die Schulter und folgte Finnley mit etwas Abstand über den Strand zur Promenade.

Peter sah den beiden hinterher. Am wolkenlosen Abendhimmel funkelten die Sterne. Noch immer gab es keine Anzeichen für einen Sturm. Dennoch fühlte der Zweite Detektiv eine seltsame innere Unruhe. Als läge etwas in der Luft. Etwas, das die Kraft hatte, ihn vom Surfbrett zu reißen.

Justus hatte sich eine Mitfahrgelegenheit organisiert. Bei ohrenbetäubender Musik ging es zu fünft in einem Wagen nach Malibu. Der Erste Detektiv war nicht gerade ein Partygänger. An einem überfüllten Strand bis in den Morgen zu tanzen gehörte zu den Tätigkeiten, auf die er gern verzichtete. Er zog es vor, zu Hause an Geräten zu basteln, wissenschaftliche Texte zu lesen oder gegen seinen Computer Schach zu spielen. Wenn es jedoch um einen Fall ging, warf Justus ohne Zögern seine Gewohnheiten über Bord. Die Theorie in seinem Kopf nahm immer deutlichere Formen an. Er hatte das Gefühl, genau auf der richtigen Spur zu sein. Jetzt brauchte er nur noch eine Bestätigung. Die erhoffte er sich von Stacey Warren. Die Sängerin der *Coconut Diamonds* hing in der ganzen Sache mit drin – mindestens als Zeugin! Er musste sie eigentlich nur noch dazu bringen, eine Aussage zu machen.

Das gestaltete sich dann allerdings schwieriger als erwartet. In Malibu war die Strandparty bereits voll im Gange und die

Band begann gerade mit ihrem Auftritt. Es war nicht abzusehen, wann die Musiker ihre erste Pause machen würden. Justus blieb also nichts anderes übrig, als sich unter die Feiernden zu mischen. Er kaufte sich an einer Bude eine Orangenlimonade und verschaffte sich einen Überblick. Rechts von ihm lag die Bühne. Dahinter befand sich ein kleiner Bereich für die Techniker und die Musiker. Mit etwas Glück konnte er nahe genug herankommen, um in der Pause mit Stacey zu sprechen.

»Was machst du denn hier?« Brandon Rink kam auf Justus zugeschlendert.

»Feiern«, sagte Justus knapp.

»Sieht, ehrlich gesagt, nicht danach aus«, erwiderte Brandon. »So ganz allein.«

Justus überlegte, wie er Brandon am besten loswurde. Doch dann entschied er, dass er genauso gut mit ihm reden konnte. Solange Stacey auf der Bühne stand, hatte er eh nichts zu tun. »Ich könnte dich das Gleiche fragen«, sagte er.

»Ich brauchte frische Luft«, meinte Brandon.

»Die hast du hier überall. Auch bei deinen Surf-Kumpels.«

»Im übertragenen Sinn.« Brandon deutete auf eine Traube von Leuten. Justus erkannte mehrere Jugendliche aus Rocky Beach. Fast alles Surfer. Es sah so aus, als würden sie um jemanden herumstehen. »Die Jungs von *Liquid Teal* sind heute auch hier. Und die sind wie üblich im Angeber-Modus.«

»Ist Dylan Parks dabei?«

»Du kennst ihn?« Brandon verzog das Gesicht.

»Flüchtig«, sagte Justus.

»Dylan schwingt große Reden darüber, wie er morgen die

gefährlichsten Wellen des Jahres reiten wird. So ein Großmaul! Ich wette, die Dünung fegt ihn gnadenlos vom Brett.«
Ein Jugendlicher löste sich aus der Gruppe und hinterließ eine Lücke. Genug Platz für Justus, um einen Blick auf Dylan Parks zu werfen. Der junge Mann schien die Bewunderung der jüngeren Surfer sichtlich zu genießen.
»Er hat nach Peter gefragt«, kam es von Brandon.
Justus drehte sich ruckartig um. »Was?«
»Dylan wollte wissen, warum Peter neuerdings mit Finnley rumhängt«, berichtete Brandon. »Er hat die beiden heute am Strand gesehen. Keine Ahnung, warum das für ihn wichtig ist. Aber seltsam ist es schon, oder?«
Justus antwortete nicht. Dylan war in dem Fall bislang noch ein großes Fragezeichen. Welche Rolle er spielte, konnte der Erste Detektiv noch nicht einschätzen, aber es war eindeutig, dass er dabei vor Gewalt nicht zurückschreckte. Das hatte er Bob unmissverständlich gezeigt. Dylan wusste also, dass die drei ??? tatsächlich mit Finnley Kontakt aufgenommen hatten.
»Ehrlich gesagt, frage ich mich auch, warum Peter den ganzen Nachmittag mit Finnley zusammen war. Die beiden können sich nicht ausstehen!«, überlegte Brandon. »Jeffrey fällt aus allen Wolken, wenn der aus dem Urlaub zurückkommt.«
In diesem Augenblick sah Dylan Parks auf. Sein Blick kreuzte den von Justus. Dann machte Parks eine Geste mit der Hand. Kaum sichtbar, aber dennoch unmissverständlich: Er fuhr sich mit zwei Fingern über die Kehle. Justus deutete das einfach mal als »Du bist so gut wie tot!«.

Verfolgung im Dunkeln

»Warum hast du nicht den MG genommen?« Bob sah Peter fragend an. Der war gerade zu ihm in den Käfer gestiegen. Die Uhr am Armaturenbrett zeigte 22:30 Uhr an. Die Las Tunas Street lag im Licht der gelblichen Straßenlaternen vor ihnen. Es war Zeit für die Wachablösung.
»Finnley hat kein Auto«, sagte Peter. »Zumindest habe ich nie eins gesehen. Und einen Führerschein hatte er auch nicht in seinem Portemonnaie. Falls er auf die Idee kommen sollte, sein Haus heute Nacht noch zu verlassen, dann garantiert mit dem Rad!«
»Und wenn er den Bus nimmt?«, fragte Bob.
Peter machte ein langes Gesicht. Doch dann winkte er ab. »Warum sollte Finnley überhaupt aus dem Haus gehen?«
»Warum sollten wir dann überhaupt Wache halten?«, fragte Bob zurück. Dann setzte er sich plötzlich kerzengerade hin. »Mr Blond! Das war Mr Blond!«
»Stimmt!« Peters Kopf fuhr herum. Soeben war ein schwarzer Cadillac XTS an dem Käfer vorbeigefahren.
»Seine Haare sieht man ja selbst im Dunkeln!« Bob ließ den Motor an. »Ich fahre hinterher. Bleib du hier und halte dein Rad abfahrbereit!«
»Aye, aye, Käpt'n!«, sagte Peter und sprang aus dem Wagen. Nachdem der Zweite Detektiv die Beifahrertür geschlossen hatte, nahm Bob die Verfolgung auf. Der Cadillac blieb nicht auf der Las Tunas Street, sondern bog kurz hinter der Bushaltestelle rechts ab. Dort führte eine schmale und we-

nig bewohnte Straße über die Hügel von Rocky Beach hinauf in die Küstenberge – vorbei an ein paar Wanderwegen und dem Hillcrest Reservoir. Dabei handelte es sich um ein kleines Staubecken, das schon lange nicht mehr genutzt wurde. Da es an der Bergstraße keine Abzweigungen gab, konnte Bob genügend Abstand zum Cadillac wahren. Der dritte Detektiv fragte sich, wo Mr Blond um diese Zeit hinwollte. Der Mann war wohl kaum wegen der schönen Aussicht unterwegs. Ein paar Minuten später hielt der schwarze Wagen jedoch ausgerechnet auf dem Parkplatz neben einem Aussichtspunkt. Von hier aus konnte man nicht nur das alte Staubecken sehen, sondern auch das nächtliche Rocky Beach und den mondbeschienenen Pazifik. Bob fuhr vorbei, um nicht aufzufallen. Hinter einer Kurve gab es weitere Parkgelegenheiten. Dort konnte er den Käfer unbemerkt abstellen und den Weg zum Aussichtspunkt zu Fuß zurückgehen – im Schutz von Büschen und Bäumen.
Auf leisen Sohlen schlich Bob durch die Dunkelheit. Hier oben in den Hügeln gab es keine Straßenbeleuchtung mehr. Sobald sich die Augen daran gewöhnt hatten, kam er aber gut zurecht. Immerhin schien der Mond.
Als Bob die Mauer des Aussichtsplatzes erreichte, erspähte er Mr Blond. Der Mann war aus dem Wagen gestiegen und hatte die Heckklappe geöffnet. Ein kleiner Koffer kam zum Vorschein, dann noch ein weiterer Gegenstand. Bob riss die Augen auf. Mr Blond steckte gerade eine Pistole ein!

Schräg gegenüber dem Haus der Familie Stenseth parkte ein Truck. Die perfekte Deckung für Peter und sein Fahrrad. Er

lehnte das Rad gegen einen Bretterzaun und spähte dann an der Kühlerhaube des Trucks vorbei über die Straße. In Nummer 189 brannten keine Lichter mehr. Es war niemand zu sehen. Nur eine Katze schlich über die Veranda. Vielleicht war Mr Blond einfach nur durch Zufall hier vorbeigefahren. Garantiert lag Finnley längst in seinem Bett und träumte von perfekten Wellen.
Oder auch nicht! Peter entdeckte neben dem Haus einen Schatten. Ein menschlicher Umriss, der sich zügig bewegte. Tatsächlich! Finnley war aus einem Fenster gestiegen und schob nun ein Fahrrad zur Straße. Er spähte kurz nach links und rechts, dann schwang er sich auf den Sattel. Peter wartete kurz, bis er dem Jungen folgte. Finnley durfte auf keinen Fall merken, dass Peter hinter ihm her war! Schon nach ein paar Metern war klar, dass er denselben Weg einschlug wie Mr Blond. Der Zweite Detektiv trat kräftig in die Pedale. Die Hillcrest Road führte in engen Kurven einen Hügel hinauf. Peter musste sich bei der Steigung ganz schön anstrengen, aber er hatte nichts gegen den sportlichen Einsatz einzuwenden. Die Lichter von Rocky Beach flimmerten unten im Tal, doch hier oben gab es keine Lampen – nur das silberweiße Licht des Mondes. Das Gebiet wurde zunehmend steiniger und links und rechts neben der Fahrbahn wuchsen dichte Büsche und niedrige Bäume, die lange Schatten warfen. Hin und wieder führten schmale Fußwege zu höher gelegenen Aussichtspunkten. Häuser gab es an diesem Abschnitt der Straße keine.
Peter gelangte an eine Kurve, die von einer Mauer aus Natursteinen gesäumt war. Direkt neben der Straße zweigte ein

Pfad ab, der zwischen ein paar Felsen hindurch an einem ausgetrockneten Bachbett entlang verlief. Finnleys Fahrrad war an einen Baum mit schuppiger Borke gelehnt. Peter sah sich um. Von Finnley keine Spur. Auch der Wagen von Mr Blond und Bobs Käfer waren nirgendwo zu sehen. Ein Schild informierte Wanderer darüber, dass hier der *Sycamore Trail* zum Hillcrest Reservoir begann. Der Weg endete oben beim Reservoir View, einem Parkplatz mit Blick über ganz Rocky Beach.

Peter war diesen Weg schon öfter gegangen. Er wusste, dass es einige unebene Stellen gab. Bei Tag kein Problem, aber bei Nacht ohne Taschenlampe durchaus eine Herausforderung. Natürlich hatte Peter eine Taschenlampe dabei. Sie gehörte zur Grundausrüstung der drei ???. Aber der Zweite Detektiv wollte kein Risiko eingehen, entdeckt zu werden. Bedacht darauf, kein verräterisches Geräusch zu machen, schlich er hinter Finnley her. Nach einer scharfen Kurve fiel das Gelände zu seiner Linken steil ab. Hier musste er besonders vorsichtig sein! Ein falscher Tritt und er würde drei Meter tief in das trockene Bachbett fallen. Auf diese schmerzhafte Erfahrung konnte er gut verzichten. Der *Sycamore Trail* machte erneut eine Kurve und führte bergan. Vor jeder Wegbiegung verlangsamte Peter seine Schritte, spähte um Büsche und Felsen herum und setzte seinen Weg erst fort, wenn er sich sicher sein konnte, dass er genug Abstand zu Finnley hatte.

Der Zweite Detektiv dachte schon, dass er den ganzen Pfad bis zum Parkplatz gehen würde, doch dann machte der Junge vor ihm plötzlich auf halber Strecke halt. Hier gab es einen kleinen Rastplatz mit zwei Bänken, einem Tisch und einer Schautafel. Dahinter war ein mannshoher Eingang in den Hügel aus Sand und Fels gemauert. Das Eisengitter, das ihn versperren sollte, hing lose in den Angeln. Der Zweite Detektiv hoffte, dass die Verfolgung nicht unterirdisch weiterging. Der Gang dahinter führte nämlich zu einem alten Wassertunnel. Er war gleichzeitig mit dem alten Stausee stillgelegt worden und galt als einsturzgefährdet. Jedes Kind in Rocky Beach wusste das. Eine Wanderung zum Hillcrest Reservoir war das Standardprogramm aller Grundschulen in Rocky Beach. Dazu gehörte auch ein Blick in den niedrigen dunklen Tunnel, der vor hundert Jahren frisches Wasser ins Tal geleitet hatte. Obwohl ein Schild am Gitter »Betreten verboten!« verkündete, wurde der Eingang immer wieder aufgebrochen.

Finnley spähte in die dunkle Öffnung, trat jedoch nicht ein. Er sah sich um. »Hallo?«, fragte er leise in die Nacht.

»Guten Abend!« Mr Blond war auf der anderen Seite des Wanderwegs erschienen und kam dem Jungen mit federleichten Schritten entgegen. Peter hätte eigentlich mit ihm rechnen müssen. Trotzdem war er überrascht von dessen plötzlichem Auftauchen. »Ein schöner Abend, nicht wahr?« Mr Blond schwang beim Gehen einen kleinen Koffer, als wäre er auf einer fröhlichen Sonntagswanderung. »Und so ein idyllisches Plätzchen!«

»Haben Sie das Geld?«, fragte Finnley angespannt.

»Den Koffer trage ich immer zum Spaß bei mir!« Mr Blond lachte auf. Es war ein unheimliches, falsches Lachen. »Was ist? Kein Humor?«

»Haha«, machte Finnley.

Mr Blond gab ein missbilligendes Geräusch von sich. »Humor scheint genauso wenig deine Stärke zu sein wie Höflichkeit. Kommen wir also einfach zum Geschäftlichen.« Er legte den Koffer auf den Holztisch und öffnete ihn. »1.600 Dollar.«

»Danke«, sagte Finnley knapp.

»Darf ich fragen, warum es nicht gleich 16.000 Dollar sein sollten?« Mr Blond legte die gebündelten Geldscheine auf die Tischplatte.

»Ich brauche nur 1.600!«, knurrte Finnley.

»Mein Boss lässt dir ausrichten, dass das hier eine einmalige Angelegenheit ist. Wenn du das Geld annimmst, dann war es das. Keine weiteren Zahlungen. Kein Kontakt zu ihm oder seiner Familie. Keine Presse. Überhaupt: kein einziges Wort über den 17. August vor einem Jahr.«

»Okay«, kam es gepresst von Finnley.

»Nicht okay«, entgegnete Mr Blond. Er winkte mit seinem Zeigefinger, als würde er mit einem unartigen Kind sprechen. Finnley sah den Mann irritiert an.

»Du wirst nämlich mir erzählen, was am 17. August passiert ist«, erklärte Mr Blond. »Und zwar in allen Einzelheiten.«

Peter beugte sich gespannt vor. Jetzt wurde es interessant!

»Hat Dr. Kooning Ihnen das nicht gesagt?«, fragte Finnley patzig.

»Achtung, jetzt wirst du wieder unhöflich«, warnte der Mann. Seine Stimme war plötzlich eiskalt. »Das kann ich nicht leiden! Und ich will von dir auch keine Fragen hören, sondern Antworten.«

»Wozu? Damit Sie selbst Dr. Kooning erpressen können? Damit Sie etwas gegen ihn in der Hand haben?«, fragte Finnley erbost. Der Junge schwankte hörbar zwischen Ärger und Unsicherheit.

»Ich wiederhole es noch ein letztes Mal.« Mr Blond griff in seine Lederjacke und zog einen länglichen schwarzen Gegenstand hervor. »Ich möchte Antworten hören!« Es klickte leise, als er die Waffe entsicherte. »Also bitte. Leg los!«

»Schon gut! Dr. Kooning hat –«, begann Finnley, doch er konnte den Satz nicht beenden. Eine kleine Lawine aus Sand, Lehm, Steinen und welken Blättern löste sich am Hang direkt über ihm. Der Junge wich gerade noch aus, als etwas Großes, Schweres folgte. Mit voller Wucht landete Bob vor seinen Füßen. Und im selben Augenblick löste sich ein Schuss aus der Waffe.

Mehr Mut als Verstand

»Da sind wir wieder! Die Pause mit Musik aus der Konserve ist hiermit beendet«, brüllte Stacey Warren ins Mikrofon. »Seid ihr bereit, Malibu?« Das Publikum johlte und klatschte und die Band begann zu spielen.

Justus stand zufrieden hinter der Bühne. Er hatte es nicht nur geschafft, Stacey in ihrer Pause abzupassen, sondern auch noch die entscheidenden Antworten bekommen! Die einzelnen Puzzlesteine in seinem Kopf ergaben nun ein schlüssiges Bild. Alles passte zusammen. Wenn man von ein paar Kleinigkeiten absah, die der Erste Detektiv noch überprüfen musste. Er sah auf die Uhr. Mit etwas Glück würde er rechtzeitig zur Haltestelle kommen, bevor der letzte Bus von Malibu nach Rocky Beach abfuhr. Die anderen Jungen aus seiner Schule schienen sich prächtig zu amüsieren. Mit einer Rückfahrgelegenheit war vorerst nicht zu rechnen.

»Wohin willst du?«

Justus fuhr herum und blickte direkt in die Augen von Dylan Parks.

»Ich will zu meinen Freunden. Ist das verboten? Schließlich ist das eine Party!«

Dylan Parks trat einen Schritt vor. »Pass mal auf, du Superheld: Ich habe deinen Freund bereits gewarnt. Trotzdem lasst ihr nicht locker!«

Justus beschloss, den Ahnungslosen zu spielen. »Nicht locker? Ich weiß nicht, wovon du redest. Du hast Bob geschlagen, weil er einen Freund besucht hat, und mich bedrohst du, weil ich auf eine Party gehe? Das ist, ehrlich gesagt, ziemlich seltsam.«

»Jeder weiß, dass ihr miese kleine Schnüffler seid!«, fauchte Parks. »Und ich glaube nicht an Zufälle. Besonders dann nicht, wenn ihr mir ständig über den Weg lauft. Zuerst bei *Liquid Teal*, dann in meiner Straße, dann am Strand und schließlich auch noch hier!«

»Genauso gut könnte ich behaupten, dass du uns verfolgst«, gab Justus zurück. »Was machst du denn hier auf der Party?«

»Du hast mehr Mut als Verstand«, sagte Dylan Parks.

»Ich habe Mut und Verstand.« Justus verschränkte die Arme. Hier inmitten der Menschen würde Dylan ihm nichts tun können.

»Das glaube ich nicht!« Dylan packte den Ersten Detektiv fest am Arm. »Ich war nur wegen der guten Stimmung hier. Aber jetzt habe ich was Besseres zu tun.«

Zwei junge Männer waren zu ihnen getreten. Einer davon stand so dicht hinter Justus, dass der Erste Detektiv dessen Atem in seinem Genick spürte.

Dylan Parks verzog den Mund zu einem Grinsen. »Sieht so aus, als würde ich heute nicht nur feiern, sondern auch Müllbeseitigung machen!«

Ein kalter, spitzer Gegenstand wurde dem Ersten Detektiv in die Seite gedrückt. Ein Messer? Er erstarrte.

»Du gehst jetzt einfach mit uns mit«, sagte Dylan Parks zufrieden. »Und mach ja keine Dummheiten!«

Bob rang nach Luft. Der Aufprall war nicht allzu schlimm gewesen, aber der Schreck saß tief – besonders nach dem

Schuss! Die Kugel war ungefähr einen Meter über seinen Kopf hinweggesaust und dann im Hang eingeschlagen. Das hätte böse ausgehen können. Der dritte Detektiv war zu unvorsichtig gewesen! Er hatte sich oberhalb des Eingangs zum alten Wassertunnel versteckt, um Mr Blond und Finnley zu belauschen. Doch leider hatte er nicht genug verstehen können. Also war er näher an die Kante gerobbt. Ein Fehler, den er zutiefst bereute. Der dritte Detektiv kannte die Gegend schließlich gut genug, um zu wissen, dass das Erdreich an vielen Stellen lose war. Nach Regenfällen kam es hier oft zu regelrechten Schlammlawinen.

»Du!«, sagte Mr Blond drohend. Er hob die Waffe und richtete sie auf Bob. »Du bist doch der Junge, der heute Mittag vor Finnleys Haus herumlungerte! Eine falsche Bewegung und der nächste Schuss trifft!«

Langsam hob Bob die Hände. »Ich war auf einer Wanderung unterwegs und –«

»Das kannst du deiner Großmutter erzählen!« Mr Blond deutete auf den Wassertunnel. »Du gehst jetzt da rein!«

Widerwillig kam Bob der Aufforderung nach. Er zog das herabhängende Gitter auf und trat in die dunkle Öffnung.

»Du gehst hundert Schritte und zählst dabei laut!« Mr Blond warf das Tor mit Schwung zu. Es gab ein lautes, rostiges Quietschen von sich. »Und denk nicht daran, einfach umzukehren!«

Bob hätte nicht übel Lust gehabt, Mr Blond die Waffe zu entreißen. Aber das wäre viel zu riskant gewesen. Also fügte er sich der Anweisung. »Eins!«, rief er und tastete sich voran. Der Tunnel war gerade eben so hoch, dass er aufrecht gehen konnte. Aber er war sehr schmal. Bob war dankbar, dass er nicht unter Platzangst litt. Trotzdem klopfte sein Herz spürbar in seiner Brust. Einfach so mitten in eine unbekannte Dunkelheit zu laufen war alles andere als angenehm. Außerdem wusste er, dass der Tunnel einsturzgefährdet war. »Zwei!« Vielleicht konnte er nach ein paar Metern seine Taschenlampe einschalten, ohne dass er deswegen Probleme bekam. Soweit er wusste, gab es einen zweiten Zugang zum Wassertunnel unten in Rocky Beach. Der war vermutlich verschlossen, aber Bob konnte mit seinem Handy Hilfe holen. Das Handy! Bob entspannte sich etwas. Er hatte ja sein Handy dabei! Während er ging und zählte, nahm er es aus der Tasche. Wenn er Justus eine SMS schicken konnte … Doch das Zeichen in der oberen linken Ecke ließ ihn enttäuscht seufzen: fünf leere Punkte – kein Empfang! Also war er erst einmal komplett auf sich gestellt.

»Achtzehn!« Kaum hatte Bob das gerufen, als er klackende Geräusche hörte – wie Krallen auf Steinboden. Er hob das Handy, doch der Lichtschein des Gerätes war zu schwach. Da war etwas vor ihm in der Finsternis. Etwas, das eindeutig größer war als eine Ratte!

Peter wagte nicht, sich zu bewegen. Bobs Stimme war kaum noch zu hören. Sein Freund war also schon tief im Tunnel. Immerhin war er dort in Sicherheit vor Mr Blond. Finnley hingegen sah erneut in die Mündung der Waffe.

»Also, wo waren wir bei unserer netten, kleinen Unterhaltung stehen geblieben?«, fragte Mr Blond scheinheilig. Finnley wollte ihm antworten, doch da kam es schon wieder zu einem Zwischenfall. Dieses Mal nicht von oben, sondern von unten. Lichter zuckten durch die Nacht. Äste knackten. Blätter raschelten. Erst leise, dann immer lauter. Vereinzelte Kinderstimmen erklangen.

»Pfadfinder«, sagte Finnley. »Die machen hier jedes Jahr eine Nachtwanderung durch die Berge!«

»Die kommen hierher!« Mr Blond reagierte schnell. Er warf die Geldscheine zurück in den Koffer und klappte ihn zu. »Planänderung. Schreib alles auf, was dir zum 17. August einfällt! Alles! Verstanden? Morgen legst du den Zettel bis spätestens 10.00 Uhr in einem Briefumschlag hinter das Gitter von diesem Wassertunnel!« Er steckte die Waffe zurück in die Jacke. »Wenn mir deine Antwort gefällt, lasse ich dir das Geld da.« Mit diesen Worten schnappte er sich den Koffer und verschwand auf dem Weg, den er gekommen war. Keine Minute zu früh. Am Hang tauchten die ersten Pfadfinder auf. Finnley verlor keine Zeit. Mit raschen Schritten bewegte er sich auf die Stelle zu, an der Peter noch immer hockte. Der Zweite Detektiv sprang auf. Er biss die Zähne aufeinander. Sein rechtes Bein war eingeschlafen und kribbelte unangenehm. Aber darauf konnte er keine Rücksicht nehmen. So schnell das Gelände es erlaubte, trat er den Rückweg an. Zuerst im Trab, dann in immer größeren Laufschritten. Als der Steilhang kam, drosselte er sein Tempo wieder. Hier gab es einfach zu viele Baumwurzeln und lose Steine.

»Was soll das!« Jemand packte Peter hinten am Rucksack.

»Finnley!«

»Tu nicht so überrascht!« Finnley gab Peter einen Stoß. Instinktiv griff der Zweite Detektiv nach einem Ast, um nicht aus dem Gleichgewicht zu kommen.

»Ihr habt eben alles vermasselt!«

»Ach ja?«, fauchte Peter zurück. »Wir haben alles vermasselt? Du bist ein Erpresser! So sieht die Sache aus. Und wir wollten dich auch noch beschützen!«

»Ich habe nicht darum gebeten!« Finnley gab Peter erneut einen Schubs.

Dieses Mal schubste der Zweite Detektiv zurück. Es war unvernünftig, sich zu prügeln. Erst recht auf einem Pfad, der zu einer Seite steil abfiel. Aber in diesem Augenblick war Peter die Vernunft egal. »Was hat es mit dem 17. August auf sich?«

»Ich kann diese Frage nicht mehr hören!« Finnley hob beide Fäuste.

»Das ist mir egal.« Peter machte sich ebenfalls zum Kampf bereit. »Wenn du nicht redest, zeige ich dich an. Ich gehe zu Inspektor Cotta und sage ihm, dass du ein Erpresser bist!«

»Dann bist du eine verdammte Petze, Superboy!«

»Nenn mich nicht immer so!«

»Ich nenne dich, wie ich will. Superboy!«

Peter machte einen Schritt vor. »Und ich habe nicht ewig Zeit! Also was ist? Redest du?«

Finnley machte eine flinke Bewegung, doch Peter war schneller. Sein Körper reagierte sofort auf den Angriff. Bevor er darüber nachdenken konnte, holte er aus und traf den anderen Jungen mit voller Wucht an der Schulter. Finnley stieß einen Schmerzenslaut aus, geriet ins Straucheln und stürzte ungebremst ins bodenlose Dunkel.

Eine schwierige Lage

Bob zählte weiter, doch er achtete kaum noch darauf. Wahrscheinlich hatte er schon zum dritten Mal »vierundzwanzig« gesagt. Es war ihm egal! Mit zitternden Händen riss er seinen Rucksack vom Rücken. Er musste unbedingt die Taschenlampe finden. »Fünfundzwanzig!«, rief er. Endlich fanden seine Finger den länglichen Gegenstand. Es dauerte viel zu lange, bis der Lichtkegel aufflackerte. »Einund... zweiund... ach, was soll's!« Bob leuchtete in den Gang vor ihm. Etwas trippelte davon. Er konnte gerade noch einen buschigen Schwanz erkennen.

»Ein Waschbär!«, entfuhr es ihm. Bob ließ die Lampe sinken. Einerseits stellte der Bär keine direkte Gefahr dar, andererseits war es nicht ratsam, ihm zu folgen. Wenn sich Waschbären bedroht fühlten, griffen sie an. Mit ihren nadelspitzen Zähnen konnten sie für schwere Verletzungen sorgen. Außerdem übertrugen manche von ihnen Krankheiten. Bob zog es also vor, an Ort und Stelle zu bleiben. Damit es so klang, als würde er sich entfernen, rief er bei jeder Zahl etwas leiser. »Sechsundzwanzig, siebenundzwanzig, achtundzwanzig ...« Plötzlich erklang in der Ferne ein Lied. Verwundert drehte sich Bob um. Das waren Kinderstimmen. Die einzelnen Worte waren hier im Tunnel kaum noch zu verstehen, aber die Melodie konnte der dritte Detektiv sofort zuordnen. Es war die Hymne der Pfadfinder von Rocky Beach!

Justus lag mit gefesselten Händen und Füßen in einem Bootsschuppen. Das windschiefe Gebäude befand sich abseits der Strandhäuser von Malibu. Der Erste Detektiv würde hier vergeblich um Hilfe rufen. Die Strandparty war zu weit weg und außerdem spielte dort noch immer die Band in voller Lautstärke. Justus musste sich also selbst befreien. Er war sich sicher, dass ihm das gelingen würde. Trotzdem war die Sache äußerst ärgerlich. Endlich war er einen großen Schritt in dem Fall weiter, da wurde er von Dylan Parks aus dem Weg geräumt. Wenigstens hatte der ihn nicht kopfüber in eine der mobilen Toiletten am Strand gesteckt. Das war nämlich der ursprüngliche Plan gewesen. Doch der Andrang bei den Klohäuschen hatte Dylan davon abgebracht. Das konnte man dann schon fast als Glück bezeichnen. Besonders nach einem Tag wie diesem. Aber worum es Dylan eigentlich ging, wusste der Erste Detektiv noch immer nicht. Der junge Mann hatte mehrfach betont, dass Justus ihm nicht in die Quere kommen sollte. Es war offensichtlich, dass er etwas plante oder schon mitten in einer krummen Sache drinsteckte. Und die wiederum hatte mit Finnley zu tun. Um seinen Standpunkt zu verdeutlichen, hatte Dylan dem Ersten Detektiv ins Gesicht geschlagen. Anscheinend war das bei ihm ein festes Ritual. Nicht sehr kreativ.

Aber alles besser als ein Tauchgang in der Toilette, entschied Justus. Er entschloss sich, die Schmerzen zu ignorieren und seine Aufmerksamkeit auf die Fesseln zu lenken. Er warf einen Blick auf seine Fußgelenke. Dylan und seine Kumpel hatten Seile verwendet, die sie im Schuppen gefunden hatten. Leinen, mit denen man kleine Boote festmachen konnte. Es war deutlich zu erkennen, dass sich Dylan mit Knoten auskannte. Justus würde sie nicht ohne Weiteres öffnen können. Er schaute sich um. Was er brauchte, war ein scharfer Gegenstand. Etwas, womit er die Fesseln durchschneiden konnte. Einen Meter neben sich entdeckte er eine leere Flasche. Wenn es ihm gelang, sie zu zerschlagen, konnte er die Scherben nutzen. Das würde lange dauern, aber es war immerhin ein Ausweg! So gut es ging, robbte der Erste Detektiv zu der Flasche hin. Minuten vergingen, bis er sie endlich packen konnte. Doch die Mühe lohnte sich. Als er die Flasche auf den Boden schlug, brach der Hals ab. Was davon übrig blieb, war ein zackiges Werkzeug aus dickem, braunem Glas. Emsig begann Justus, an seinen Fesseln zu reiben. Außer einem leisen »Ritschratsch« tat sich zuerst nicht viel. Aber Justus hatte Durchhaltevermögen. Irgendwann würden die Fesseln nachgeben und dann war Dylan Parks dran!

Peter kletterte über den Rand der Böschung. Finnley war am Leben und er war bei Bewusstsein. Seine Flüche waren jedenfalls deutlich zu hören.
»Selbst schuld!«, sagte Peter, als er am Boden der kleinen Schlucht ankam.
Finnley saß mitten in einem platt gedrückten Gestrüpp und rieb sich das linke Bein. »Ich bin verletzt!«, schleuderte er dem Zweiten Detektiv entgegen.
»Und ich sagte: selbst schuld!« Peter beugte sich vor, um Finnleys Bein zu untersuchen. »Kannst du aufstehen?«
»Nein, Dr. med. Shaw!« Finnley biss die Zähne aufeinander.
»Dann rufe ich einen Krankenwagen«, bot Peter an.

»Ich kann es einfach nicht fassen!« Finnley schlug mit der rechten Hand auf das Gestrüpp ein. »Wie kann man so dermaßen vom Pech verfolgt sein?«
»Soll ich jetzt einen Arzt holen?«, fragte Peter.
»Ja! Nein! Warte!«, sagte Finnley. »Ich muss erst darüber nachdenken. Vielleicht lässt der Schmerz gleich nach.«
»Und wenn nicht?«
»Dann bin ich eh geliefert.« Finnley stöhnte auf. »Und zwar so richtig!«
»Warum?«
Einen Moment lang sah es aus, als wollte Finnley die Antwort verweigern, doch dann seufzte er. »Weil ich ein verdammter Pechvogel bin. So sieht es aus! Ich brauche bis zum Morgen 1.600 Dollar oder ich muss surfen. Und dank dir und deinem Freund kann ich jetzt weder das Geld abliefern noch aufs Board steigen. Das hast du ganz großartig gemacht, Shaw!«
»Ich bin Detektiv«, verteidigte sich Peter. »Es ist mein Job, Erpressern auf die Schliche zu kommen.«
Finnley lachte auf. »Dein Job! Mein Job ist es, irgendwie über die Runden zu kommen. Meiner Familie fehlt es an allen Ecken und Enden. Und wenn man einmal das Pech im Haus hat, dann wird man es nicht mehr los! Hast du eine Ahnung, wie es ist, Schulden machen zu müssen?«
Peter schüttelte den Kopf. »Nein, das habe ich nicht. Aber ich glaube kaum, dass ich jemanden erpressen würde, um an das Geld zu kommen!«
»Dr. Kooning hat es nicht anders verdient!«, knurrte Finnley. »Außerdem habe ich mir das Geld nicht bei der Bank

geliehen, sondern bei jemandem, der mich ganz schön unter Druck setzt und auch noch irre Zinsen verlangt!«

»Dylan Parks?«, fragte Peter.

»Du weißt von ihm?« Finnley sah auf.

»Bob hat mir gesagt, dass er in der Sache mit drinhängt«, verriet Peter. »Also was ist? Hast du dir von ihm Geld geliehen?«

»Ja, das habe ich«, gab Finnley zerknirscht zu. »Es gab keinen anderen Ausweg. Dylan verdient sich was dazu, indem er Geld verleiht und mit Zinsen wieder eintreibt. Als ich es nicht schnell genug zurückzahlen konnte, fing er an, mir zu drohen.«

»Dylan ist also ein Kredithai«, überlegte Peter laut. »Das erklärt so einiges. Aber vielleicht verrätst du mir, wie alles zusammenhängt.«

»Träum weiter.«

»Was ist passiert?«, fuhr Peter unbeirrt fort. »Mit dir und deiner Schwester und Dr. Kooning?«

»Ich soll dir Antworten geben? Damit du zu deinem Inspektor Cotta laufen kannst?«, fragte Finnley. »Ich lege keinen Wert darauf, von dem blonden Typen beseitigt zu werden. Falls es dich interessiert: Er hat eine Waffe!«

»Das habe ich gesehen«, sagte Peter. »Gerade deshalb wäre es gut, wenn wir Inspektor Cotta um Hilfe bitten würden.«

»Keine Polizei!« Finnley versuchte, sich aufzurichten. Er schaffte es sogar. Allerdings verzog er bei seinem ersten Schritt schmerzhaft das Gesicht. »Ich muss in ein paar Stunden ausgeruht und fit auf einem Surfbrett stehen!«

»Das schaffst du doch nie!« Peter sah den Jungen zweifelnd

an. »Außerdem wird ein Sturm erwartet. Mit Riesenwellen, die jeden vom Brett fegen.«
»Das weiß ich, Shaw!« Finnley machte noch einen Schritt. Dabei wäre er beinahe umgeknickt. »Um dem Sturm geht es ja gerade. Wenn ich die 1.600 Dollar nicht zahlen kann, muss ich surfen. Das habe ich doch schon erzählt!«
»Was hat Dylan denn davon, dass du ertrinkst?«, fragte Peter irritiert.
Finnley ächzte. »Meine Güte, wann hörst du endlich auf, Fragen zu stellen?«
»Wenn der Fall gelöst ist.«
»Und ich kann noch nicht einmal davonlaufen«, beschwerte sich Finnley. »Also gut. Damit du endlich Ruhe gibst: Dylan Parks hat damit angegeben, dass er die heftige Dünung nutzen will, um das neuste Surfbrett von *Liquid Teal* zu testen. Ein Profiteil, mit dem er bei den großen Wettkämpfen antreten will. Damit er die Tealson-Cousins beeindrucken kann, werden seine Kumpel ihn dabei filmen und hinterher interviewen.«
»Aber Dylan hat gar nicht vor, die Wellen selbst zu reiten?«, fragte Peter.
»Natürlich nicht. Das ist doch viel zu riskant. Er lässt sich filmen, wie er mit einem auffälligen, leuchtend gelben Anzug und dem neuen Surfbrett ins Wasser geht. Und zwar an der Steilküste, wo er sich bequem hinter der Landzunge verstecken kann. Dort muss ich auf ihn warten.«
»Lass mich raten: ebenfalls in einem gelben Anzug!«
»Richtig«, bestätigte Finnley. »Er hat extra einen besorgt.«
»Fällt der Schwindel nicht sofort auf?«

»Wenn die Kamera weit genug weg ist, erkennt man das Gesicht ja nicht mehr. Besonders dann nicht, wenn ein Sturm tobt«, meinte Finnley. »Dylan und ich sind außerdem in etwa gleich groß.«

»Er hat aber viel kürzere Haare«, warf Peter ein. »Und noch dazu braune!«

»Wenn die nass sind, sehen sie dunkel aus. Dylan hat allerdings verlangt, dass ich meine Haare schneide.«

»Was für ein idiotischer Plan!«, entfuhr es Peter.

»Nicht für Dylan«, gab Finnley zurück. »Wenn es klappt, hat er ein wirklich gutes Argument dafür, als Profi für *Liquid Teal* zu surfen.«

»Und wenn du einfach Nein sagst?«, überlegte Peter.

»Du kennst Dylan nicht gerade gut, oder?«, fragte Finnley. »Das Schlimme ist, dass es nicht nur mich trifft, sondern vielleicht auch meine Schwester oder meine Großmutter. Man weiß nie, wo und wie Dylan zuschlägt. Einem Mann aus unserer Straße hat er vor zwei Wochen den Arm gebrochen, weil er nicht zahlen konnte.«

»Wir lassen uns etwas einfallen!«, sagte Peter entschlossen. Sein Handy vibrierte. Eine SMS von Bob: *Bin okay. Raus aus dem Tunnel und auf dem Weg zum Auto. Und du?*

»Was ist?«, fragte Finnley.

Peter antwortete nicht. Stattdessen tippte er: *Triff uns an der Hillcrest Road, Startpunkt vom Sycamore Trail. Alles Weitere dann!*

»Dein persönliches Taxi nach Hause kommt gleich«, sagte Peter schließlich zu Finnley. »Meinst du, du schaffst es bis zur Straße?«

Sturm

»Hoffentlich wacht Justus jetzt mal auf!«, hoffte Peter. Er saß neben Bob auf dem Fußboden von Finnleys Zimmer und wählte die Nummer des Ersten Detektivs. Mittlerweile war es sechs Uhr am Morgen. Nachdem Justus in der Nacht nicht auf Anrufe und SMS reagiert hatte, hatten sich die Jungen bei Finnley schlafen gelegt – mit Wolldecken auf dem Fußboden. Keiner von ihnen war richtig erholt. Finnley humpelte zum Fenster und schob die Gardine beiseite. Noch vor ein paar Stunden war es absolut windstill gewesen. Jetzt bewegten sich die hohen Palmen auf dem Nachbargrundstück. Der große Sturm ließ jedoch noch auf sich warten.
»Just?« Peter sprang auf. »Endlich!«
Am anderen Ende der Leitung begann ein Monolog. Ab und zu gab Peter ein »Ja«, ein »Nein« oder ein »Hmhm« von sich. Es dauerte eine ganze Weile, bis er endlich seinen Teil der Geschichte erzählen konnte. Bob tigerte unterdessen rastlos im Zimmer auf und ab. Genau wie Finnley konnte er es nicht lassen, immer wieder aus dem Fenster zu gucken und zu prüfen, ob der Wind stärker wurde.
»Aha!«, sagte Peter. Dann folgte wieder ein Schweigen von seiner Seite. »Ja, dann machen wir das. Bis später!«
»Und?«, fragte Bob, als der Zweite Detektiv aufgelegt hatte. »Was hat Justus vor?«
Peter zuckte die Achseln. »Plan A ist absolut geheim. Aber für Plan B sollen wir schon mal zur Schere greifen und Haare schneiden.«

»Was macht der hier?«, brüllte Dylan Parks und zeigte auf Peter. Zu dritt standen sie auf der Veranda der Familie Stenseth. Mittlerweile pfiff der Wind scharf um die Balken. »Muss ich den jetzt auch noch zusammenfalten?«
»Auf gar keinen Fall!«, sagte Finnley. »Ich bin verletzt und habe genug blaue Flecken, um das zu beweisen. Peter springt für mich ein.«
»Ihr wollt mich wohl für dumm verkaufen!« Dylan hob die rechte Faust. »Wir haben einen Deal!«
»Ich kann nicht für dich surfen«, fing Finnley erneut an. »Ich würde dich nur lächerlich machen. Peter hat die richtige Größe und die richtige Haarfarbe. Und jetzt auch die richtige Frisur.«
»Er ist nicht gut genug!«, polterte Dylan.
»Doch, ist er!«, antwortete Finnley mit Nachdruck. »Er wird in einer Stunde am vereinbarten Treffpunkt warten.«
»Dann soll er sich besser anstrengen!« Dylan ging die Treppenstufen hinunter. »Glaub ja nicht, dass du so einfach aus der Sache herauskommst, Stenseth!«
»Wer zuletzt lacht, lacht am besten«, murmelte Peter, als Dylan abgefahren war.
»Geh nicht da raus!«, sagte Finnley ernst.
»Ich schaffe das«, entgegnete Peter.
»Das ist kein Mut, das ist Leichtsinn.«
»Manchmal bin ich auch leichtsinnig«, gab Peter zurück. »Und wenn alles gut läuft, brauche ich nicht einmal auf das Brett zu steigen. Ich vertraue da ganz auf Justus.«
Finnley schüttelte den Kopf. Halb amüsiert, halb besorgt. »Du hast echt nicht alle Tassen im Schrank, Shaw!«

»Das wird sich zeigen«, sagte Peter gelassen. Er war erstaunlich ruhig. Auch dann noch, als er sich kurz darauf auf den Weg zur Küste machte. Zunächst verlief alles nach Dylans Plan: Peter trug ein T-Shirt und eine lange Hose über dem neongelben Anzug, um nicht aufzufallen. Er gab Dylan oben an der Straße ein Zeichen und betrat dann die krumme Landzunge neben der Steilküste von der geschützten Seite aus. Hier konnte man kaum einen Schritt vor den anderen setzen. Der Zweite Detektiv bekam Sand und Wasser ins Gesicht gepustet. Geduckt arbeitete er sich langsam über einen schmalen Pfad voran. Am vorderen Ende der Landzunge befand sich eine kleine Höhle, in der er sich verstecken konnte, bis Dylan kam – zumindest, wenn sie nicht voller Wasser stand. Die Wellen waren unglaublich hoch! Er blickte sich noch einmal um. Weiter oben am Hang befand sich das Café Seeblick. Irgendwo hinter der breiten Fensterfront saß Justus und zog Plan A durch.

Justus saß tatsächlich im Café Seeblick. Der Wind heulte ums Haus und es knackte im Gebälk. Der Erste Detektiv hielt die innere Anspannung kaum noch aus. Wo blieb nur die Polizei? Inspektor Cotta war in einer Besprechung gewesen. Aber seine Assistentin hatte hoch und heilig versprochen, ihn loszuschicken, sobald er fertig war. »Es kann nur noch ein paar Minuten dauern!«, hatte sie versichert. Und doch war weit und breit keine Polizei in Sicht.
Dafür saß ihm Stacey Warren gegenüber. Die Sängerin wirkte ebenfalls sehr nervös und schob ihre Kaffeetasse hin und her. »Das ist doch alles total verrückt!«

»Sie tun das Richtige«, versicherte Justus. »Danke, dass Sie Dr. Kooning unter einem Vorwand zu einem Gespräch gebeten haben!«
Die Tür ging auf und ein heftiger Windstoß fegte durch den Raum. Der Mann, den Justus bereits einmal im Krankenhaus gesehen hatte, trat ein. Er strich seinen Anzug glatt, sah sich kurz um und schritt dann zielsicher auf Staceys Tisch zu. »Miss Warren! Schön, Sie zu sehen.«
»James!«, sagte Stacey. Ihre Stimme klang plötzlich belegt. »Hallo.«
Irritiert musterte der Arzt den Ersten Detektiv. »Darf ich fragen, wer du bist?«
»Sie dürfen.« Justus überreichte dem Mann mit einer förmlichen Geste die Visitenkarte der drei ???. »Mein Name ist Justus Jonas. Und ich würde gern mit Ihnen über den 17. August letzten Jahres sprechen.«
Dr. Kooning machte drei Schritte zurück. Er griff sich an die perfekt geknotete Krawatte, als würde sie ihm die Luft abdrücken. Seine Augen verengten sich zu schmalen Schlitzen. »Was soll das?«
Justus legte die Fingerspitzen aneinander. Äußerlich wirkte er ganz gelassen, doch innerlich wurde er immer unruhiger. Die Polizei musste kommen! So sah es Plan A vor! Keiner von ihnen besaß genug Geld, um Dylan Parks auszuzahlen. Aber sie konnten ihn wegen Körperverletzung und Freiheitsberaubung anzeigen. Wenn Cottas Leute ihn zur Befragung mit aufs Revier nahmen, musste die Surf-Aktion abgebrochen werden. Und weil der Erste Detektiv keine halben Sachen machte, wollte er den zweiten Teil des Falles auch

gleich noch mit aufklären. Der Inspektor sollte dabei sein, wenn der Erste Detektiv Dr. Kooning überführte. Doch Cotta ließ sich noch immer nicht blicken. Justus' schöner Plan ging nicht auf! Jetzt musste er improvisieren. Wenigstens hatte er ein Tonband dabei, um das Gespräch heimlich aufzuzeichnen. Er schaltete es ein, als Dr. Kooning Stacey einen fragenden Blick zuwarf.

»Kommen wir zur Sache«, sagte Justus förmlich an Dr. Kooning gerichtet. »Wie wir durch ausführliche Recherchen und Befragungen feststellen konnten, waren Sie am 17. August letzten Jahres gegen 21.00 Uhr mit Stacey Warren auf dem Weg zu deren Haus. Zuvor waren Sie mit Stacey in einem Fischrestaurant Hummer essen. Dabei haben Sie reichlich Weißwein getrunken.«

»Das ist eine Unterstellung!«, sagte Dr. Kooning mit schneidender Stimme.

»Wohl eher eine Tatsache!«, entgegnete Justus. »Sie sind unter Alkoholeinfluss in Ihren Wagen gestiegen und mit Stacey den Coast View Drive entlanggefahren. Durch Unaufmerksamkeit, verursacht durch Trunkenheit am Steuer, haben Sie einen Unfall provoziert und eine junge Frau verletzt, die gerade mit dem Fahrrad vom Strand kam.«

Dr. Kooning stöhnte auf. »Ich nehme an, du willst dein Taschengeld aufbessern. Aber daraus wird nichts, Junge! Du kannst mir nichts beweisen! Miss Warren lügt, weil sie sich wichtigmachen will!«

»Wie bitte?« Stacey zog die Augenbrauen zusammen.

»Ich will kein Geld«, sagte Justus ruhig. Wieder fegte ein Windstoß durch den Raum. Der Erste Detektiv drehte sich

zur Tür. Dort erschien Farryn. Justus hatte sie am Morgen angerufen und ins Café bestellt.
»Ich bin Detektiv. Mich interessiert die Wahrheit«, erklärte Justus. »Diese junge Frau ist übrigens Farryn Stenseth, das Unfallopfer.«
»Ich kenne dieses Mädchen nicht«, sagte Dr. Kooning. Er fuhr sich erneut mit der Hand an die Krawatte.
»Sie haben mich angefahren!« Farryn sah dem Arzt direkt in die Augen. Er wich dem Blick aus. »Sie sind ausgestiegen und haben einen kurzen Blick auf mein verletztes Bein geworfen. Dabei habe ich den Alkohol in Ihrem Atem riechen können. Sie meinten, ein Pflaster würde in meinem Fall genügen. Dann haben Sie mir fünfzig Dollar gegeben, sind wieder ins Auto gestiegen und weggefahren.«
»Das stimmt«, bestätigte Stacey. »Genau so war es!«
Justus sah den Arzt forschend an. »Sie sind weitergefahren, ohne Ihren Namen oder Ihre Adresse zu nennen. Allerdings haben Sie nicht bemerkt, dass der kleine Bruder von Miss Stenseth ein paar Fotos schießen konnte.«
»Wir hätten vor Gericht gehen können«, meinte Farryn. »Aber wir hatten kein Geld für einen guten Anwalt und ich wollte meiner Großmutter die Aufregung ersparen. Also habe ich versucht, die Sache einfach zu vergessen.«
»Das war sicherlich nicht einfach«, gab Justus zu bedenken. »Wie Sie sehen, zieht Miss Stenseth beim Gehen ein Bein leicht nach. Mit einem Pflaster war es nämlich nicht getan. Ihre Verletzung ist schlecht verheilt, da ihr die finanziellen Möglichkeiten für eine optimale ärztliche Betreuung fehlten. Und das leider mit erheblichen Folgen für ihre Karriere.

Miss Stenseth war kurz vor dem Unfall im Begriff gewesen, als Surf-Profi für die Firma *Liquid Teal* unter Vertrag genommen zu werden.«

Dr. Kooning schnaubte. »Mir kommen gleich die Tränen!«

»Sparen Sie sich den Sarkasmus«, bemerkte Justus kühl. »Sie stecken in gewaltigen Schwierigkeiten, Sir! Soweit ich unterrichtet bin, gehört die Lancaster-Klinik noch immer Ihrem Schwiegervater. Der wird es nicht gerade schätzen, dass der Ehemann seiner einzigen Tochter betrunken einen Unfall verursacht hat – noch dazu auf dem Rückweg von einem Date mit einer jungen Musikerin!«

»Das gibt diesem Finnley aber noch lange nicht das Recht, mich zu erpressen!« Koonings Nervosität wandelte sich schlagartig in Zorn um.

»Das würde Finnley doch nie tun!«, rief Farryn entsetzt.

»Sagen wir mal so«, erwiderte Justus. »Er brauchte dringend Geld und sah keinen anderen Ausweg. Kein mustergültiges Verhalten, aber unter den Umständen zumindest in Teilen nachvollziehbar. Ich gehe davon aus, dass er das Geld irgendwann zurückgezahlt hätte.«

»Ganz bestimmt!«, bekräftigte Farryn.

Dr. Kooning funkelte sie böse an. »Das glaubst du doch wohl selbst nicht, Mädel!«

Justus' Konzentration nahm unterdessen stetig ab. Immer wieder sah er zur Tür. Dort tat sich jedoch nichts mehr. Cotta ließ immer noch auf sich warten. Irgendjemand musste doch rauslaufen und Dylan Parks stoppen! Peter durfte bei dem Wellengang keinesfalls surfen!

Bob sah sich nervös um. Aus dem Wind war ein handfester Sturm geworden. Der Pazifik war aufgewühlt und die schroffen Felsen der Bucht von weißem Schaum umspült. Bei einigen von ihnen ragten nur noch die scharfen Spitzen aus dem Wasser. Riesige Brecher donnerten auf den steinigen Strand. Oben an der Steilküste hatten sich ein paar Schaulustige versammelt. Darunter auch zwei Leute von Dylan Parks, die eine Kamera auf einem kräftigen Stativ aufbauten. Sie hatten zusätzlich eine Drohne dabei, wie Bob feststellte. Damit würden sie bei dem Wetter aber nicht weit kommen. Dylan saß auf der Landzunge und rieb ein nagelneues Surfbrett mit Wachs ein. Er trug einen neongelben Anzug, der farblich genau zu dem Brett passte. Kurz winkte er in die Kamera und grinste. Dann kletterte er geduckt über die Felsen. Bob erstarrte und blickte auf seine Uhr. Das war zu früh! Wo blieben denn nur die Polizisten, die Justus angefordert hatte? Ein paar Menschen riefen dem Surfer etwas hinterher. Bob konnte es im Tosen des Sturms kaum verstehen, aber er nahm an, dass es sich um Warnungen handelte. Es gehörte auf jeden Fall Mut dazu, oben über die Felsen zu klettern und nicht den Weg auf der windgeschützten Seite zu nehmen. Auch wenn Dylan nicht surfen wollte, begab er sich doch in eine riskante Situation. Eine Bö erfasste ihn und warf ihn beinahe in das schäumende Wasser. Er konnte sich gerade noch festhalten. Wieder schrien ein paar Menschen auf. Doch da hatte Parks schon die Spitze der Landzunge erreicht und kletterte an der flachen Seite hinunter. Keine Minute später war er aus dem Sichtfeld der Zuschauer verschwunden.

Bob krallte sich an dem Geländer fest, das vor der Bruchkante der Steilküste angebracht war. Inspektor Cotta war zu spät!

Dylan Parks steuerte mit seinem Brett auf den Felsen zu. Jetzt war er von der Küste aus nicht mehr zu sehen. Peter schluckte. Plan A hatte anscheinend nicht funktioniert. Dann also doch Plan B. Surfen! Er zog das T-Shirt und die Hose aus und kletterte Dylan im Neoprenanzug entgegen. Der reichte ihm das Brett. »Mach mir keine Schande!«
Der Zweite Detektiv sagte nichts. Es kostete ihn alle Kraft und Konzentration, ins Wasser zu steigen, ohne von den glatten Steinen geweht zu werden. Das Meer war eine ungeordnete Masse aus Schaum. Einen Augenblick lang dachte Peter, dass ihn die brodelnden Wassermassen einfach hinabreißen würden, doch dann erfasste ihn eine Strömung, die ihn ein Stück in Richtung Bucht trieb. Bald würde man ihn sehen können – einen kleinen gelben Fleck im aufgewühlten Ozean. Seltsamerweise verspürte Peter noch immer keine Angst. Er wusste selbst, dass es unsinnig war, sich vor Gespenstern, Monstern und Flüchen zu fürchten und gleichzeitig furchtlos mitten in den Sturm zu paddeln. Aber die Angst wollte sich einfach nicht einstellen. Er war konzentriert. Er paddelte und wartete. Immer wieder wurde er unter Wasser gedrückt. Gischt spritzte ihm entgegen. Der Wind sauste in seinen Ohren. Die Naturgewalten ließen sein Brett vibrieren. Aber innerlich war Peter ganz ruhig.
Jetzt!, dachte er, als eine gigantische Welle anrollte. Er sprang auf sein Board. Im nächsten Augenblick brach die Welle und formte einen Tunnel – eine perfekte Tube. Während die

Oberfläche vom Wind zerblasen war, ließ sich das Innere der Welle gut befahren. Peters Fingerspitzen durchschnitten das kalte Wasser. Alles schien langsamer zu werden. Irgendwo vor ihm lag der Ausgang. Peter konzentrierte sich nur darauf, den Halt nicht zu verlieren.
Ich schaffe es!, dachte er – kurz bevor die Wassermassen über ihm zusammenbrachen.

Bob sah Peter verschwinden. Er brüllte und schrie. Aber der Sturm schluckte jedes Wort. Ein Polizeiwagen hielt an der Straße. Aber das interessierte ihn jetzt kaum.
»Peter!«, brüllte er erneut.
Aus den Augenwinkeln sah er, dass Finnley die Treppen zum Strand ansteuerte. Er humpelte noch immer. Nie im Leben würde Finnley Peter da rausholen können! Nicht ohne Surfbrett und nicht bei diesem Wetter! Doch gerade, als Finnley den steinigen Strand erreicht hatte, tauchte das gelbe Board wieder auf und mit ihm der neongelbe Anzug. Bob atmete erleichtert auf. Peter hatte es geschafft, sich an die Oberfläche zu kämpfen. Die Wellen schoben ihn unaufhaltsam in Richtung Strand. Immer wieder sah es aus, als würde das Surfbrett doch noch vom Meer verschluckt werden. Zwei Mal verschwand es unter einer Welle, zwei Mal tauchte es wieder auf. Nach einer gefühlten Ewigkeit hatte Peter endlich die Küste erreicht. Bob rannte die Treppenstufen hinunter. Finnley watete bereits durch das knietiefe Wasser und stützte Peter, während direkt hinter ihnen die Brecher aufschlugen.

Der Held von Rocky Beach

Kleine Wellen rollten sanft an den Strand. Eine freundliche Oktobersonne schien über Rocky Beach. Seit dem Sturm waren einige Wochen vergangen. Die drei ??? saßen gemeinsam mit Finnley, Farryn und Matt am Strand. Der Sohn von Dr. Kooning hatte gerade ein Studium an der Ruxton-Universität in Los Angeles begonnen.

»Manchmal denke ich, es war falsch, meinem Vater hinterherzuspionieren«, gab Matt zu.

»Du wolltest nach dem belauschten Gespräch eben die Wahrheit wissen«, meinte Justus. »Das ist doch ein hehres Ziel. Und da lag es eben nahe, im Büro deines Vaters nach Hinweisen zu suchen, wobei du dann die Fotos und den Notizzettel gefunden hast.«

»Mein Großvater hat meinem Vater gekündigt und meine Eltern haben sich getrennt«, berichtete Matt. »Das ist jetzt nicht gerade ein großartiges Ergebnis, oder?«

»Dein Vater hätte eben nicht besoffen Auto fahren dürfen«, gab Finnley zurück. »Er hat sich das alles selbst eingebrockt!«

»Ihm war sehr bewusst, dass die Sache nicht okay war«, entgegnete Matt. »Aber er hatte auch Angst, dass alles rauskommt. Daher hat er dir gleich nach dem Unfall höchstpersönlich hinterherspioniert und sich die wichtigsten Fakten notiert. Dad neigt dazu, sich doppelt und dreifach abzusichern und für jeden Mist eine Akte anzulegen.«

»Dafür lege ich jetzt auch eine Akte an«, sagte Bob zufrieden. »Und zwar in unserem Ordner für aufgeklärte Fälle!«

»Ich bin ehrlich gesagt froh, dass ich endlich mit diesem dämlichen 17. August abschließen kann«, stellte Finnley fest. »Also bitte: Keiner erwähnt mehr dieses Datum oder ich werde sehr ungehalten reagieren.«

Peter lachte auf. »Das kennen wir doch von dir.«

»Ich habe aber noch einige Fragen«, warf Farryn ein.

»Und ich auch«, sagte Matt. »Was ist aus diesem Schläger geworden, der Finnley bedroht hat?«

»Dylan Parks«, sagte Justus. »Die Polizei hatte ihn schon länger im Visier, konnte ihm jedoch nie etwas nachweisen. Dank unserer Ermittlungen wurde er wegen Körperverletzung in mehreren Fällen sowie Freiheitsberaubung angeklagt. Nachdem Finnley ausgesagt hatte, waren noch zwei weitere Menschen bereit, Parks anzuzeigen. Und ich konnte hinzufügen, dass er mich gefesselt in einem Schuppen eingesperrt hat.«

»Und Mr Blond?«, fragte Farryn.

»Dr. Kooning hat seine Identität preisgegeben«, berichtete Justus zufrieden. »Der Mann heißt Marshall Keen. Er ist ein Krimineller, der Aufträge von Leuten annimmt, die sich nicht selbst die Finger schmutzig machen wollen. In unserem Fall sollte er lediglich das Geld übergeben und Finnley gehörig einschüchtern. Das ging beim ersten Versuch allerdings schief.«

»Stimmt«, meinte Finnley. »Als ich zur Übergabe wollte, hat mich ausgerechnet Dylan aufgehalten. Er wollte sein Geld, aber ich hatte es ja noch nicht. Da hat er mich verprügelt.«

»Der blaue Fleck am Kinn«, sagte Peter. »Von wegen Surfunfall!«

»Wie dem auch sei«, fuhr Justus fort. »Die zweite Übergabe am *Sycamore Trail* scheiterte erneut, wie wir alle wissen. Außerdem hatte Keen mittlerweile den Verdacht, dass er an eine lukrative Sache geraten war. Er wollte Dr. Kooning selbst erpressen. Dafür fehlten ihm aber die entscheidenden Informationen.«

»Und ich habe von alledem nichts mitbekommen!«, staunte Farryn.

Bob lächelte ihr zu. »Aber du profitierst nun am meisten von dem Eingreifen deines Bruders. Wenn das auch so nicht geplant war.«

Sie nickte. »Matts Großvater hat Kontakt zu mir aufgenommen. Ich kann mein Knie erneut operieren lassen. In der Lancaster-Klinik. Die Chancen stehen gut, dass ich danach doch noch als Profi für *Liquid Teal* arbeiten kann.«

»Dann wird der Traum vom endlosen Sommer für dich wahr, nicht für Dylan!«, stellte Peter zufrieden fest.

»Und die Erpressung?«, mischte sich Matt ein. »Wie konntest du da einfach so davonkommen, Finnley?«

»Bin ich ja gar nicht!«, sagte Finnley. Er verzog das Gesicht. »Ich muss Sozialstunden leisten. Und das nicht zu knapp. Jetzt bleibt fast gar keine Zeit mehr zum Surfen. Aber das ist trotzdem besser, als dauernd vor Dylan und seinen Leuten zu flüchten und blaue Flecken zu kassieren. Außerdem muss ich dann nicht den ganzen Tag mit Superboy am Strand herumhängen.«

»Sei nicht so undankbar!« Peter gab Finnley einen kräftigen Knuff gegen die Schulter. »Und nenn mich nicht immer Superboy.«

»Träum weiter, Superboy.«
»Und es passt doch auch!« Matt grinste. »Du bist jedenfalls grade der Held von Rocky Beach.«
»Genau. Du kannst gar nicht anders. Wenn jemand in Gefahr ist, dann musst du ihn retten.« Finnley stand auf und schnappte sich sein Surfbrett. »Wer kommt mit ins Wasser?«
»Ich nicht«, sagte Justus schnell.
Peter war mit einem Satz auf den Beinen. »Aber ich!«

Die drei ???®

Erlebe spannende Abenteuer!

- ☐ und das Gespensterschloss
- ☐ und die schwarze Katze
- ☐ Der finstere Rivale
- ☐ Geister-Canyon
- ☐ Fluch des Piraten
- ☐ Pfad der Angst
- ☐ Botschaft aus der Unterwelt
- ☐ Im Netz des Drachen
- ☐ Im Zeichen der Schlangen
- ☐ GPS-Gangster
- ☐ und das blaue Biest
- ☐ Tuch der Toten
- ☐ Eisenmann
- ☐ Dämon der Rache
- ☐ und der gestohlene Sieg
- ☐ Schattenwelt Trilogie
- ☐ Der gefiederte Schrecken
- ☐ Die Rache des Untoten
- ☐ Im Haus des Henkers
- ☐ Das Kabinett des Zauberers
- ☐ und die flüsternden Puppen
- ☐ und der Hexengarten
- ☐ und der Mann ohne Augen
- ☐ Insel des Vergessens
- ☐ Signale aus dem Jenseits
- ☐ und der unsichtbare Passagier
- ☐ und die Kammer der Rätsel
- ☐ Verbrechen im Nichts
- ☐ Im Bann des Drachen
- ☐ Schrecken aus der Tiefe
- ☐ und die Zeitreisende
- ☐ Im Reich der Ungeheuer
- ☐ Geheimnis des Bauchredners
- ☐ und der grüne Kobold
- ☐ Im Auge des Sturms
- ☐ Die Legende der Gaukler
- ☐ Höhenangst
- ☐ Feuriges Auge Trilogie
- ☐ Das weiße Grab
- ☐ und der Zeitgeist 6 Kurzgeschichten
- ☐ und der schwarze Tag 6 Kurzgeschichtenr

ab €/D 8,99

kosmos.de/die_drei_fragezeichen Preisänderung vorbehalten